AF555297

MÉLANGES

DE BIOGRAPHIE,

D'ÉCONOMIE PUBLIQUE,

ET

DE CRITIQUE MORALE ET LITTÉRAIRE.

MÉLANGES

DE BIOGRAPHIE,

D'ÉCONOMIE PUBLIQUE,

ET

DE CRITIQUE MORALE ET LITTÉRAIRE;

PAR L.-M. PATRIS-DEBREUIL,

ÉDITEUR DES ŒUVRES DE GROSLEY, AUTEUR DE L'ÉLOGE DE LOUIS XVIII, ETC.

PARIS.

PILLET AÎNÉ, rue Christine, n° 5;

DELAUNAY, au Palais-Royal, Galerie de Bois.

1824.

PRÉAMBULE.

C'est à la lecture de la Vie de Grosley, dont j'ai publié deux ouvrages importans, ses Éphémérides et ses Œuvres inédites, que je dois le peu de goût que je puis avoir pour la biographie : science utile, quand elle a pour but de relever le mérite de compatriotes savans ou vertueux. Transporté à la lecture de cette vie [1] comme à celle d'une Vie de Plutarque (car, suivant la remarque de M. Dacier, dans son Éloge à l'Académie des Inscriptions et Belles-Lettres, Grosley fut doué des qualités solides et des vertus au-dessus de l'ordre commun, qui furent l'appanage des grands hommes de l'antiquité), je fis, étant très-jeune encore, un extrait de cet écrit, qui fut d'abord inséré dans le Journal de l'Aube, puis dans mes Opuscules en prose et en vers [2], et enfin réimprimé avec des augmenta-

[1] J'ai continué cette vie écrite en partie par Grosley lui-même. Ce supplément à ses Mémoires *sive commentarii de vitâ meâ*, rétablis dans leur intégrité, joint à des pièces originales, la plupart extraites des cartons de l'Académie des Inscriptions et Belles-Lettres, qui m'ont été obligeamment communiquées par le secrétaire de cette académie, forme un volume destiné à compléter les Œuvres inédites. Le manuscrit en est prêt pour l'impression : je l'offre au premier libraire qui voudra l'entreprendre à son compte. (V. la note additionnelle placée à la fin de ce préambule.)

[2] Un volume in-12 de 300 pages, publié à Paris, en 1810, sous ce titre, et sous celui de *Poésies fugitives*, avec mon nom, en 1813.

tions au commencement du 1er volume des Éphémérides, sous le titre de Précis de la Vie et des Ouvrages de cet Académicien.

Ce précis fut suivi d'une double notice sur M. Herluison, bibliothécaire et auteur de la Religion révélée, et de divers articles intercalés dans les Mémoires sur les Troyens célèbres, formant les deux premiers volumes des Œuvres inédites. Je m'étais proposé de publier ensuite un Éloge de Girardon, omis parmi ceux que l'ancienne société académique de la ville de Troyes avait entrepris de traiter. A cet éloge, qui devait paraître le 1er septembre 1814, centième jour anniversaire de la mort de ce sculpteur célèbre, j'aurais associé les louanges du grand Roi, qui mourut le même jour, et avec lequel finit le siècle, si glorieux pour la littérature française, qui porte son nom. Les événemens de cette année m'empêchèrent de suivre, à l'égard du Phidias de la France, l'exécution de mon projet, que j'ai abandonné pour un autre plus important [1].

[1] M. le baron de Vendeuvre, à qui je m'étais adressé pour avoir des renseignemens sur Girardon, m'a fait l'honneur de me répondre que, sans la dissolution de l'académie dont il avait été membre, il se serait occupé de l'éloge de cet illustre troyen, quoique sa vie, très-belle pour les arts, fut un peu stérile pour l'histoire. Il aurait suppléé à la stérilité des faits par quelques discussions propres à intéresser les amis des arts. Par exemple, il aurait cherché pourquoi des hommes (Lebrun et Girardon), parvenus à une élévation immense d'habileté et de savoir, ont pu descendre jusqu'à corrompre (selon lui) le goût, et préparer la décadence des arts par un esprit d'école et de système. Il aurait fait remarquer

Je fus appelé en 1815 à célébrer les vertus et les bienfaits du restaurateur de la monarchie, qui vient de descendre au tombeau, et pour lequel tous les Français qui ont la *mémoire du cœur*, sont en deuil, comme des enfans reconnaissans qu'afflige le trépas d'un père tendrement chéri. Je fus chargé de faire le discours relatif à l'inauguration du buste de Louis XVIII, élevé dans l'hôtel-de-ville de Troyes, espèce d'apothéose ou de triomphe décerné par le respect et l'amour filial. Cet éloge [1], reçu avec acclamation, avait été précédé d'un autre discours [2] que je fus également chargé de prononcer, lors de l'érection du buste du savant troyen dans le même

que ce beau siècle de Louis XIV avait (encore selon lui) tout empreint d'une teinte lourde et théâtrale. Les artistes alors, observe M. le baron de Vendeuvre, n'ignoraient ni les vérités de la nature, ni les beautés de l'antique; mais en les faisant plier à un goût particulier, ils ont ouvert une fausse route où l'ignorance, la légèreté et la paresse se sont jetées en foule.

Je livre ces réflexions d'un ami éclairé des lettres, des sciences et des arts, à nos artistes, auxquels il est réservé de louer Girardon, leur compatriote et leur modèle, d'une manière digne de lui. Ils ne seront pas arrêtés par la difficulté du sujet, et encore moins par le motif mis en avant par Fontenelle, qui, sollicité de le traiter, répondit : Qu'il s'était occupé des éloges des académiciens et autres illustres de son temps; mais que c'était une obligation de sa place, et si pénible qu'il ne pouvait être tenté d'y ajouter des œuvres de surérogation.

[1] Éloge de Louis XVIII, in-8°. Paris, 1815. Il a eu deux éditions épuisées entièrement par souscription dans le département.

[2] Il a été imprimé en 1814. in-8°.

hôtel-de-ville, et à la fin duquel j'annonçai, avec un applaudissement général, l'aurore de ce règne mémorable, qui, après avoir été précédé par des événemens si désastreux, devait être et fut en effet si bienfaisant, mais malheureusement d'une trop courte durée; car, pour la félicité des peuples, on souhaiterait que le règne d'un bon Roi fût sans terme comme sa vie. Espérons que celui de son successeur, commencé sous des auspices plus favorables, brillera de jours à la fois plus longs et remplis de bienfaits non moins précieux.

Après des objets aussi relevés, parlerai-je de quelques opuscules publiés en vue des lettres, de l'instruction et de la morale [1], ou par condescendance pour l'amitié [2], et spécialement des mélanges composant ce recueil?

L'*Hommage à la mémoire de M. Thévenot* a été dicté par le sentiment de la reconnaissance. Le

[1] Eloge de J.-J. Rousseau, imprimé in-8° en 1800, réimprimé parmi mes Opuscules, et mentionné dans une notice du savant M. Barbier, sur les écrits relatifs au philosophe de Genève.

Discours sur l'athéisme, inséré dans les mêmes Opuscules, et au sujet duquel on trouve, à la fin de ce recueil, une lettre de M. l'abbé Herluison.

Autre discours sur l'instruction publique, inséré dans le Journal de l'école centrale, de floréal et prairial an 7.

Parallèle des testamens de Pierre et François Pithou, de P.-J. Grosley, etc., in-8°. 1816.

[2] Le Berger philosophe, pastorale en cinq actes, dont les notes seules m'appartiennent comme éditeur, in-8°. 1812.

dédain de ceux qui jugent l'homme, moins sur son mérite que sur le rang qu'il a occupé dans la société, s'attacherait-il à un professeur qui, plus jaloux de remplir ses devoirs que de briller, a vécu dans la médiocrité que son emploi, son goût et sa fortune lui prescrivaient? l'éloge ne doit-il être décerné qu'aux personnes constituées en dignité ou qui ont ambitionné la gloire; et le talent modeste n'y aura-t-il aucune part? Ainsi n'en a point jugé le conseil-municipal de la ville de Troyes, en approuvant mon hommage. Il a pensé au contraire qu'honorer un citoyen, qui en se dévouant au bien public s'était rendu utile, c'était encourager tous les citoyens à l'imiter, exciter l'émulation de la vertu par l'exemple, et faire rejaillir sur la ville entière la gloire décernée par la patrie à celui qui a bien mérité d'elle.

Le *Mémoire sur les Enfans-trouvés* a excité l'attention et l'intérêt de la commission administrative de l'hospice de Troyes, et du conseil de charité établi près d'elle. Je me flatte qu'il produira le même effet sur les personnes auxquelles le sentiment de l'humanité n'est pas étranger, sur tous les cœurs sensibles à celui de la pitié qu'inspirent le jeune âge, l'innocence et le malheur. Si pourtant il s'en rencontrait qui fussent encore dominés par le préjugé qui voue ces enfans à une sorte de réprobation, je leur représenterais non-seulement combien ce préjugé est injuste, puisqu'il ne dépend de personne de se donner l'état civil non plus que la naissance, mais encore combien l'opinion sur laquelle il se fonde, trop commune en France, diffère de celle des autres peuples de l'Europe. Je les renverrais à l'écrit de M. Benoiston de Châteauneuf, cité dans mon Mémoire, pour connaître l'extrême attention apportée dans les pays étrangers, et particulièrement en Russie, à la conservation et au bien-être de cette portion nombreuse et intéressante de l'humanité. Les observations de cet écrivain, appuyées sur les récits des voyageurs, nous apprennent de quelles vastes libéralités, de quelles institutions généreuses, de quels établissemens magnifiques, et de quels admirables réglemens dictés par une sage philantropie, les enfans nés de parens inconnus sont partout l'objet. Arrêtons-nous sur la manière particulière de penser des Espagnols. Cette nation, si fière et imbue de préjugés enracinés, regarde tous les enfans-trouvés ou abandonnés qu'elle recueille dans ses hospices, comme étant nés de parens nobles, et leur attribue la noblesse par une conséquence nécessaire de cette façon de penser. « Qui » ne serait frappé, dit le célèbre avocat-général » Servan, de cette générosité d'opinion qui, pou» vant disposer à son gré d'un enfant inconnu, » aime mieux l'élever que l'avilir, le fait noble dès » sa naissance pour qu'il puisse devenir grand dans » sa vie, et le rend d'abord citoyen par reconnais» sance avant qu'il le soit par intérêt ? »

Mais la religion, dont la charité embrasse tous les êtres humains dans son sein, ne prescrit-elle pas des soins envers ces orphelins comme envers tous les autres, ne condamne-t-elle pas le mépris ou l'abandon que l'on fait d'eux, et n'est-elle pas en cela d'accord avec la raison, l'humanité et la politique même, qui a intérêt d'avoir le plus grand nombre possible de bons citoyens ?

Le point de vue très-raccourci sous lequel j'ai rassemblé mes observations restreintes à ma portée, c'est-à-dire à la localité, ne m'a permis que d'effleurer la matière, traitée d'une vue plus générale, mais non encore suffisamment approfondie, dans les Considérations de M. de Châteauneuf. Cet écrivain, qui est très-capable de la traiter *ex professo*, mérite d'être encouragé par le gouvernement à continuer ses recherches importantes. Il ne les bornera pas sans doute à ce qui concerne le physique ; il aura sûrement à cœur de les étendre au moral et spécialement à la législation, dont les principes, à l'égard des enfans naturels, sont tels que l'on a peine à se défendre de l'idée que les législateurs ont regardé ces enfans comme les *ilotes* chez les Lacédémoniens, et les ont traités en conséquence avec une extrême rigueur. Eh ! qui ne le penserait pas, en ne trouvant aucune disposition libérale, concernant les enfans abandonnés, dans la foule innombrable de lois et d'ordonnances qui régissent le royaume ? On n'a pas encore daigné s'occuper sérieusement du sort de cette espèce de *caste*, plus nombreuse peut-être que la multitude conduite par le législateur fameux qui fut exposé à périr comme ces enfans. Ils sont confiés, il est vrai, à la charité publique; mais elle ne peut les faire subsister qu'aux dépens du patrimoine des pauvres, dont les hôpitaux consacrés à leur soulagement sont dotés. Faute de moyens suffisans, ou ils périssent misérablement dès le berceau; ou, s'ils échappent à la faux meurtrière qui les moissonne par milliers, ils sont destinés, par leur éducation, à l'exercice des emplois les plus bas de la société, comme ces malheureux esclaves que Lycurgue, par une politique non moins odieuse que cruelle et injuste, avait condamnés à un tel état d'abjection que, séparés des autres hommes, ils étaient forcés de remplir des fonctions et de se livrer même à des excès indignes de l'homme. Et que dire de la loi qui permet de reconnaître les enfans naturels, et qui, admettant le lien qui unit ces enfans aux auteurs de leurs jours, le brise à sa source, en empêchant de l'étendre aux autres parens naturels, et oblige l'enfant reconnu à demeurer étranger à la famille? Ainsi, lorsque le sentiment de la nature tend à réunir des êtres formés du même sang, la loi civile, contraire à la loi naturelle, repousse ce sentiment, et met à sa place l'intérêt, le vil intérêt, qui étouffe toutes les affections, et qui, comme une barrière insurmontable, sépare ceux que le même cœur devrait animer; en sorte qu'ils sont plus isolés par la crainte qu'il inspire, que s'ils eussent gardé respectivement leur position primitive. Je n'étendrai pas davantage ces réflexions : je les soumets aux lumières et à la sagacité des moralistes et des magistrats, dont le concours est requis pour la réforme des actes de législation, qui intéressent la morale et la justice distributive.

Il me reste un mot à dire des *Réflexions sur la réimpression de certains Livres*, qui terminent ce recueil : peut-être paraîtront-elles tardives; car le temps, où l'esprit d'irréligion présidait à la réimpression des productions pernicieuses que j'attaque, est changé. Cependant, comme quelques-unes de ces productions demeurent exposées en vente, et qu'il est de l'intérêt commun des pères de famille de préserver de leur venin les cœurs de ce qu'ils ont de plus cher, je ne crois pas la publication de ces réflexions sans utilité; et je me flatte que leur faiblesse ne nuira pas à leur succès.

NOTE ADDITIONNELLE *sur le Manuscrit de Grosley, mentionné à la page 1re du préambule précédent.*

CE manuscrit, destiné à compléter les Œuvres inédites, est divisé en deux parties.

La PREMIÈRE se compose des Mémoires de cet académicien, et d'un Supplément à sa vie.

Les Mémoires dont il s'agit, rétablis sur l'autographe, sont d'une originalité piquante, plus peut-être que tout ce qui est sorti de la plume enjouée et spirituelle de l'auteur. Ils contiennent une foule d'anecdotes sur beaucoup de personnages qui ont joué un rôle sur le théâtre de la société, ou représenté sur la scène politique. C'est une galerie de tableaux et de portraits originaux, un recueil d'histoires plaisantes, de contes dont la gaîté n'a rien de caustique, de critiques dont le sel n'est jamais sans atticisme; et, ce qui augmente l'intérêt et la curiosité qu'inspire l'ouvrage, l'homme y est peint avec ses défauts et ses vertus, avec ses qualités et ses faiblesses, en un mot tel que la nature l'a fait. C'est l'allure de Montaigne, et quelquefois la touche du pinceau employé par J.-J. Rousseau dans ses Confessions, que l'on croirait avoir servi de modèle à Grosley, s'il n'avertissait pas qu'il en a suivi un autre plus grave, celui de l'illustre de Thou, qui nous a laissé les détails de sa vie privée (détails plus piquans, à certains égards, que ceux qu'offre sa grande histoire), et si la publication des Confessions de Rousseau, postérieure à l'époque où Grosley a composé ses Mémoires, ne justifiait pas cette assertion.

Ces Mémoires ne vont que jusqu'à 1757. On les a continués depuis cette époque jusqu'à sa mort, arrivée le 4 novembre 1785, d'après un Supplément rédigé par M. Maydieu et des pièces communiquées, où se trouve le récit d'aventures comiques qui achèvent de faire connaître le caractère et l'esprit de l'auteur.

Dans la SECONDE PARTIE on a réuni, sous le titre de Mélanges, les dissertations suivantes:

1° De l'influence des mœurs sur les lois, discours couronné par l'académie de Nancy.

2° Si le rétablissement des sciences et des arts a contribué à épurer les mœurs.

Cette dissertation a obtenu l'*accessit* du prix décerné à l'auteur d'Emile sur la même question, par l'académie de Dijon. Une lettre de Grosley à un académicien nous apprend qu'il n'avait traité ce sujet que par amusement, sans prétention à la couronne, n'imaginant pas qu'une académie l'eût adjugée à une déclamation contre les sciences.

3° Projet où l'intérêt des sciences et des lettres s'allie avec le bien de l'Etat: l'épigraphe *aurea sunt verè nunc secula* indique que c'est un projet de finances.

4° Sur les Galates: morceau historique dont le sujet nous intéresse, puisque cette peuplade, qui a long-temps dominé en Asie, était originaire des Gaules.

5e Sur le véritable auteur du *Sacco di Roma*, attribué à Guichardin l'historien.

6e Examen d'un passage de Tite-Live, relatif à l'âge d'Annibal, lorsqu'il prit le commandement de l'armée.

Cette dissertation est suivie des Observations du P. Berthier, jésuite, sur cet examen.

7° Sur un vers de Virgile.

Cette charmante discussion commence par le conte suivant :

« Un de nos compatriotes, maître-d'hôtel chez le roi, faisant » un jour son service auprès de Louis XIV, aperçut que ce prince, » en mangeant un œuf frais, avait laissé tomber une goutte du » moyeu sur sa cravatte. Il s'approcha de Sa Majesté et l'avertit » respectueusement de cet accident. Le roi essuya sa cravatte, et » honora le maître-d'hôtel d'un sourire par lequel il semblait lui » demander pardon de sa maladresse. Le même accident s'étant » répété à un second œuf que le roi mangea ; le maître-d'hôtel, » enhardi par le succès du premier avis, regarda le roi, et en » étendant le bras vers lui, il s'écria : *Eh ! sire, ne vous y revoilà-* » *t-il pas ?* Louis XIV trouva cette saillie aussi mauvaise qu'il » avait trouvé bon le premier avis, et il lança sur le maître- » d'hôtel un regard d'indignation qui lui fut un avertissement de » cesser son service, et de se défaire de sa charge. »

En finissant ce conte, l'auteur dit plaisamment à ses auditeurs que l'événement qui en est le résultat, réglera le ton qu'il prendra pour leur présenter sa discussion, dont un petit accident arrivé au prince des poètes latins est l'objet. Il s'agit de l'examen d'une interpolation faite dans un vers de l'Enéide, à dessein d'en corriger une prétendue faute de quantité. Rien n'est plus gracieux que l'examen critique de ce vers, ni plus ingénieux que les idées que Grosley prête à Virgile dans la composition du tableau qu'il offre à l'esprit et à l'imagination.

8°. Observations sur la 6e satyre du livre 2 des Satyres d'Horace.

Ces Observations, adressées à l'Académie des Inscriptions et Belles-Lettres, avaient été conservées dans ses cartons pour être insérées dans ses Mémoires, dont l'impression a été interrompue par la suppression de cette académie.

Cette seconde partie renferme encore quantité d'autres morceaux moins étendus où sont discutés, avec autant d'esprit et quelquefois de malice que de sagacité et de savoir, des points intéressans d'histoire, de science, d'art et de littérature. On y remarque des observations sur l'Esprit des lois; un dialogue sur la prééminence des langues grecque et latine; une lettre sur deux faits historiques concernant l'un Gabrielle d'Estrées, et l'autre M. de Thou; des pensées diverses, où la grandeur des sentimens s'allie à la finesse de l'esprit et à la fleur de l'érudition. Elle est terminée par un choix de lettres adressées à Grosley par les littérateurs, les savans, les artistes, et d'illustres magistrats avec lesquels il entretenait des relations. On voit figurer en première ligne, dans cette correspondance littéraire, Fontenelle, Voltaire, Réaumur, Montesquieu, d'Alembert, Dusaulx, traducteur de Juvénal, le peintre Latour, le graveur Cochin, le comte de Caylus, le duc de la Vallière, le président Hénault, de Solignac, secrétaire de Stanislas, roi de Pologne, M. de Malesherbes, etc. Un Mémoire de la main de ce vertueux et infortuné ministre de Louis XVI, renferme le résultat précieux d'observations sur les mœurs et les coutumes d'une contrée de l'Espagne. Ce recueil de lettres originales et inédites n'est pas le moindre relief de cette collection de pièces variées, curieuses et instructives tout ensemble, que nous devons à un compatriote « qui paraît avoir eu (a dit M. Chardon » de la Rochette [1]) sa part de cette sève féconde et, pour ainsi » dire, sulphureuse à laquelle la ci-devant Champagne doit des » vins excellens et des hommes du plus grand mérite; et dans tous » les ouvrages duquel on admire cette sagacité rare qui décèle » l'observateur, et une gaîté qui ne l'abandonne jamais et qui » (ajoute le même savant, en conservant la même métaphore) » *petille comme le vin de son heureux territoire.* »

[1] Magasin Encyclopédique, tome 1, page 225, Janvier 1814.

HOMMAGE

A LA MÉMOIRE

De M. Magloire THÉVENOT,

DÉCÉDÉ PROFESSEUR ÉMÉRITE DE LA 4me CLASSE DE LATINITÉ, AU COLLÉGE DE TROYES.

Il semble naturel que ceux qui cultivent les lettres et les sciences se flattent d'obtenir, lorsqu'ils ne seront plus, non-seulement de leurs pairs, mais encore du public, les hommages littéraires et patriotiques qui leur seront dus ; car la patrie n'est pas moins intéressée que les Muses, à l'éloge de ceux qui n'ont cultivé les Muses que pour bien mériter de la patrie.

Quique pii vates.....
Quique sui memores alios fecêre merendo.

Virg.

De ce nombre était M. Magloire Thévenot, professeur au collége de Troyes, écrivain modeste qui, justement honoré de ses concitoyens pendant tout le temps qu'il vécut, est mort comme s'il eût été ignoré ou méconnu dans le pays où sa famille s'est établie [1], et où il a passé la majeure partie de sa vie à se rendre utile, sans qu'aucun corps littéraire, ni aucun écrit périodique, même de ceux consacrés au nécrologe, ait fait aucune mention de lui. Cependant M. Magloire Thé-

[1] Voici ce que M. le maire de la commune de Dampierre m'a fait l'honneur de m'écrire, sur les motifs qui ont déterminé les père et mère de M. Magloire Thévenot à quitter le lieu de sa naissance : « M. Thévenot, père de ce professeur, qui était maître » d'école à Dampierre, lors de la naissance de ses trois fils, sentant » l'importance d'une bonne éducation, a cherché les moyens de » faire instruire ses enfans : à cet effet, il est parvenu à se procurer » la maîtrise de Pont-Ste-Marie (près Troyes), où il a fixé sa » demeure, pour être à même de faire donner à ses enfans de » l'éducation ; ce qu'il n'aurait pu faire à Dampierre, qui est trop » éloigné de villes, à moins de grands frais. »

M. le maire ajoute que M. Thévenot, professeur, est venu différentes fois à Dampierre visiter ses parens, notamment au mois d'octobre qui a précédé son décès; qu'il ne manquait jamais de les voir tous, sans en excepter les pauvres, parce qu'il savait qu'ils étaient honnêtes gens; qu'enfin la commune qu'il administre, s'honore d'avoir donné le jour à ce respectable professeur. Je ne citerai aucune particularité de son enfance, si ce n'est que, lorsque son père se fut fixé à Pont-Ste-Marie, distant d'une lieue de Troyes, le jeune Magloire faisait en toute saison deux fois ce chemin par jour, pour apprendre le latin; et il apporta une si grande ardeur à l'étude, il y fit des progrès si prompts, que bientôt il fut en état d'enseigner à son tour.

venot s'est trop occupé, pendant sa longue et honorable carrière dans l'enseignement public, des progrès de l'éducation, pour mériter un oubli qui, prolongé plus long-temps, serait en quelque sorte injurieux à sa mémoire.

Qu'il soit donc permis à un de ses élèves les moins marquans dans la société, mais sans contredit un des plus redevables à M. Thévenot, de lui payer, après trois années écoulées, le tribut de sa gratitude personnelle [1], et de se rendre en même temps l'interprète des sentimens de ses concitoyens à son égard.

C'est à ce maître qu'au sortir des écoles des frères de la doctrine chrétienne, dont je me glorifie d'associer l'éloge au sien, mon instruction fut confiée : ou plutôt, ce fut ce généreux instituteur qui, sur mes dispositions peut-être, et sans nul doute d'après son inclination naturelle à la bienfaisance, voulut bien se charger gratuitement de mon instruction (ce qu'il a fait, au même titre, pour

[1] Je me croirais sans excuse d'avoir différé si long-temps à m'acquitter de ce devoir, sans une cause connue qui m'a empêché de le faire plus tôt.

Quæsivi cœlo lucem, ingemuitque reperta.

plusieurs autres jeunes gens comme moi sans fortune, qu'il a même admis à sa table); et il la suivit avec tant de zèle, que peu d'années lui suffirent pour me mettre en état, non-seulement de puiser aux sources du savoir, mais encore de remplir avec honneur un emploi que j'obtins dans des temps difficiles, et à un âge où l'intelligence n'a pas encore reçu ses développemens. Il a, depuis, renouvelé le même zèle en faveur de mon fils, qui lui doit, ainsi qu'aux maîtres qui lui ont succédé, les progrès qu'il a faits dans ses études[1].

Quels encouragemens n'ai-je pas reçus de sa constante bienveillance! Soit qu'il me donnât des conseils aussi sincères que désintéressés; soit qu'il eût la complaisance d'examiner mes faibles productions, que toujours je me suis fait un devoir de lui soumettre; soit enfin qu'il m'honorât de la communication de celles qu'il a lui-même publiées, et

[1] Je dois une reconnaissance particulière aux soins et aux bontés de M. Paris, professeur de philosophie, et à M. l'abbé Périn, principal du collége de Troyes.

Le départ de M. l'abbé Périn, appelé à de plus hautes fonctions dans une autre ville, causera des regrets d'autant plus vifs, qu'il a inspiré, par ses éminentes qualités, des sentimens d'estime et d'affection à tous ceux qui ont eu l'avantage de l'approcher ou de le connaître.

en grand nombre, et avec un succès incontestable, puisque de ces productions, les unes, telles que ses questions sur la grammaire, ont obtenu plusieurs éditions, et que les éditions des autres, épuisées depuis long-temps, faisaient désirer leur réimpression.

Pour compléter le tableau des obligations que j'ai à M. Thévenot, qu'il me soit encore permis de dire avec quelle passion il souhaita, et avec quelle vivacité de sentiment il apprit le bonheur inattendu qui m'accueillit au printemps de mes jours : bonheur qui fut alors le sujet de quelques vers inspirés par la reconnaissance et par la piété filiale ; et qui depuis, évanoui comme un songe, avec les belles années et les douces illusions de la jeunesse, et remplacé par l'affliction, privée de la consolation des Muses, aurait pu fournir la matière de l'élégie la plus touchante [1].

Si, passant de ce qui m'est personnel, à ce qui regarde le bien public en général, je racontais ce qui est à la louange de cet homme généreux, combien j'aurais de vertus civiques

[1] *Eheu! fugaces, Postume, Postume,*
Labuntur anni.....
Linquenda tellus, et domus, et placens
Uxor.

Hor. *Odar. lib.* 2.

à peindre, et quels résultats de ses travaux j'aurais à exposer! Je me bornerai à un petit nombre de faits et de réflexions.

Et d'abord, relativement à l'expression des sentimens que M. Thévenot éprouva, lors du retour de la famille auguste rétablie comme par miracle sur le trône de ses aïeux, quels transports ne fit-il pas éclater, en apprenant cette heureuse nouvelle! quelle joie ineffable! quelle effusion de cœur! en un mot, quel patriotisme!

A l'exemple des meilleurs écrivains, tels que Fénélon, Rollin, Bernardin de Saint-Pierre, etc., M. Thévenot faisait consister le patriotisme à aimer et servir le Roi et la patrie. Elevé dans ces sentimens dont il s'était fait une habitude précieuse, il a été constamment l'un des plus zélés partisans de la monarchie et de la légitimité. On aurait pu croire que l'intérêt avait été le mobile de sa conduite; car jusqu'à la révolution, il eut un pensionnat nombreux, qu'elle réduisit considérablement : mais les sacrifices volontaires qu'il a faits pendant cette époque, prouvent que ses sentimens ont été aussi purs que généreux. Il opposa une constante et invincible résistance aux innovations démagogiques introduites dans l'enseignement, par rapport à l'usage des livres classiques. Dénoncé plusieurs fois pour cette opposition courageuse, il n'en persista pas moins à conserver les livres prohibés, qu'il regardait comme les seuls propres à inculquer à la jeunesse les principes et les sentimens qui devaient servir de fondement et de règle à sa conduite. L'aménité de son caractère le sauva heureusement des effets de sa trop grande franchise, et de son zèle (il faut le dire, sans toutefois le blâmer), souvent poussé jusqu'à l'imprudence, surtout pendant le règne de l'ex-empereur, dont il ne pouvait entendre prononcer le nom sans indignation, parce que, sous l'armure éclatante qui couvrait le héros, son œil perçant n'aperçut jamais que l'usurpateur du trône de son Roi, et l'oppresseur de la liberté de ses concitoyens. Ainsi, Platon, que le faux éclat de la cour de Denys n'avait pu séduire, ne voyait sous la pourpre royale dont il était revêtu, que le tyran de Syracuse, qui, depuis, chassé du trône, devint maître d'école à Corinthe. Au reste, dans aucun temps, et sous aucun prétexte, M. Thévenot ne s'est écarté du respect dû à l'autorité légitime, non plus que de l'honneur, de la droiture, et de la probité la plus scrupuleuse. C'est par cette conduite persévérante qu'il a rivalisé avec les Troyens célèbres, dans les mémoires desquels il a mérité de trouver place de son vivant, avec cet habile recteur de l'ancienne université de Paris [1], et ce savant bibliothécaire [2], dont notre patrie s'honore d'avoir été le berceau,

[1] M. Charbonnet, né à Troyes, le 9 février 1733, décédé à Paris en 1815, le même jour 9 février. Voyez l'article que je lui ai consacré dans l'ouvrage posthume de Grosley que j'ai publié, en attendant son éloge que la reconnaissance dictera sans doute incessamment à M. Monnot Des-Angles, petit-neveu de M. Thévenot, professeur au collége royal de Limoges. Déjà M. Monnot Des-Angles vient (m'a-t-on dit) de publier, avec succès, un ouvrage classique de ce digne successeur des Rollin et des Lebeau, qui a bien voulu l'accueillir et le protéger, moins d'après ma recommandation que sur celle de son propre mérite.

[2] M. l'abbé Herluison, auquel j'ai également consacré, après sa mort, arrivée le 19 janvier 1811, et dans les mêmes Mémoires de Grosley, un article qui a servi à la rédaction de celui inséré dans la Biographie Universelle, par M. Louis Dubois, savant distingué. Cet article apologétique avait été précédé d'un hommage placé à la tête du second volume des Ephémérides de Grosley, dont on achevait alors l'impression ; hommage rendu, pour ainsi dire, sur sa tombe, et qui a été suivi d'une nouvelle mention, vivement applaudie, dans un passage de mon discours sur l'inauguration du buste en marbre du savant Troyen dans l'hôtel-de-ville en 1814.

Dans ces pièces où j'ai été l'organe des sentimens des concitoyens de M. Herluison, j'ai exprimé, avec leurs regrets de sa perte, le vœu qu'ils ont formé de voir imprimer les œuvres qu'il a laissées, et en même temps ériger dans le même hôtel-de-ville, en l'honneur et le théâtre de leurs talens, comme elle s'enorgueillit d'avoir donné le jour aux Girardon et aux Mignard, et de posséder encore en MM. Gauthier, architecte, Arnaud, peintre, et Paillot de Montabert, amateur éclairé des beaux-arts, des artistes capables de soutenir la réputation de ces grands maîtres [1].

Comme MM. Herluison et Charbonnet,

de ce savant et vertueux écrivain, un monument semblable à ceux consacrés aux grands hommes de Troyes, dont il a été l'*admirateur et l'émule*. Puisse ce vœu être pris en considération par l'autorité municipale, et son accomplissement répondre bientôt à l'attente générale!

[1] Le premier de ces artistes est auteur d'un recueil grand in-folio, intitulé : *Les plus beaux édifices de la ville de Gênes et de ses environs*, superbe ouvrage dédié au Roi et qui se publie par souscription.

Le second publie aussi par la même voie un autre recueil, petit in-folio, sur les antiquités de Troyes. Cet ouvrage a été annoncé à la fin du 2e volume des Mémoires de Grosley, comme une entreprise patriotique, à laquelle doivent s'empresser de concourir tous les citoyens amis des arts et de la gloire de leur pays, qui sont capables par leur fortune de subvenir à cette dépense; mais comme le nombre des souscripteurs ne peut être suffisant pour la couvrir, il est de la générosité de M. le maire et du conseil-municipal de suppléer au déficit, afin que ce monument, commencé sous leurs auspices, se termine le plus promptement possible à leur satisfaction.

Quant à M. Paillot de Montabert, un essai qu'il a publié sur les beaux-arts a prouvé qu'à une pratique brillante il alliait une savante théorie : ce qui sera confirmé par un ouvrage considérable qu'on annonce être en ce moment sous presse.

dont il était contemporain ; en même temps qu'eux et depuis leur perte, M. Thévénot a été l'une des principales colonnes de l'édifice fondé par les savans Pithou, pour l'instruction de la jeunesse, un des principaux restaurateurs et des plus fermes appuis du collége de Troyes, auquel il a sacrifié son temps, ses moyens, ses forces et son repos, jusqu'à l'âge le plus avancé, sans songer à la fortune non plus qu'à la gloire. Lors de la réorganisation de cet établissement public si précieux, après la suppression des écoles centrales, il y transporta sa chaire ; et ses élèves, au nombre de plus de cinquante, dont il avait jusque-là retiré des rétributions qui dès-lors profitèrent à la ville, suivirent leur professeur, et furent répartis dans les classes inférieures de latinité, jusqu'à la quatrième qu'il choisit comme étant placée au centre des humanités, et l'une des plus nombreuses. Il ne voulut jamais la quitter, quoiqu'on lui eût offert, et qu'on l'eût même pressé de passer à des classes plus élevées, par la raison que, dans un emploi plus brillant, il eût été, selon lui, moins utile : bien différent dans sa manière de penser et de se conduire, de ces jeunes professeurs qui, sans défiance d'eux-mêmes.

aspirent continuellement à monter. Il ne s'occupait que de ses devoirs. Avec quelle exactitude il aimait à les remplir! avec quelle patience et avec quelle douceur, non dépourvue de la fermeté nécessaire pour forcer à l'obéissance ceux que l'une et l'autre n'auraient pas suffi pour y conduire, il s'appliquait aussi bien chez lui dans ses loisirs, qu'au collége pendant les heures destinées à l'enseignement, à instruire l'esprit et à former le cœur de ses élèves! Combien il s'intéressait à leurs progrès, et combien il les affectionnait! N'ayant pas eu d'enfans de son mariage, ils semblaient lui en tenir lieu; il les traitait tous, riches ou pauvres, sans distinction, comme les siens propres. Aussi en était-il chéri à son tour comme un père tendre. Un des moyens qu'il employait pour entretenir la bonne harmonie dans sa classe, était de n'écouter aucun rapport, de ne prêter l'oreille à aucune plainte, à aucune insinuation secrète, et par là même toujours suspecte. Maxime qui n'est pas moins à recommander aux pères de famille qu'aux chefs d'institution, et qui, mise en pratique avec restriction dans la société, tendrait à y maintenir la paix et l'union. Une autre maxime non moins essentielle qu'il suivait encore, c'était de ne jamais exciter l'envie sous le nom d'émulation. Aussi ses élèves n'avaient-ils généralement d'autre jalousie entr'eux, que de disputer à qui lui plairait davantage en remplissant leurs devoirs. Le souvenir qu'ils ont gardé de ses bontés, et le témoignage qu'ils lui ont donné de leur gratitude, en venant le visiter, même des pays les plus éloignés, long-temps après leurs études, étaient son plus cher désir, sa plus vive ambition, et, comme je le lui ai souvent entendu dire, la plus douce récompense de ses travaux.

Je ne dissimulerai pas néanmoins que, vers les dernières années de son professorat, soit que la vieillesse trop portée à l'indulgence n'impose plus, soit que la jeunesse indisciplinée apprécie moins le bienfait de l'éducation, la plupart des nouveaux élèves de M. Thévenot n'ont pas montré, pour ce maître si zélé et si bon, le respect et la reconnaissance dont les anciens ont été pénétrés; mais il est bien vengé de cette ingratitude monstrueuse, par le mépris dont l'opinion publique a couvert ceux qui s'en sont rendus coupables, et que le repentir de leur conduite n'a point corrigés du défaut de leurs cœurs.

En revanche, que ne m'est-il permis de nommer, parmi mes condisciples, ceux qui, occupant aujourd'hui des places distinguées, soit dans l'état ecclésiastique, soit dans le barreau, soit dans la magistrature, soit enfin dans les arts et les sciences, font, par l'exercice de ces nobles et utiles emplois, le plus bel éloge des talens comme des vertus civiques de leur instituteur [1] ! Mais, pourquoi ceux auxquels le droit d'honorer sa cendre appartenait plus spécialement, ne se sont-ils pas empressés d'user de cette prérogative, et d'orner son tombeau de fleurs fraîches et brillantes, en le louant d'une manière digne d'eux et de lui ? Leur mérite aurait fait ressortir son mérite ; sa modestie aurait été rehaussée par l'élévation de leur rang ; et son portrait, éclatant de plus riches couleurs,

[1] La liste des souscripteurs présente des magistrats, des artistes, des médecins, des gens de lettres, des négocians, en un mot des personnes de tout état et de toute condition, qui ont été élèves de M. Thévenot et s'en font gloire : un lieutenant-général des armées du Roi (M. le comte Dulong de Rosnay) a prouvé, en s'inscrivant, qu'il n'a point oublié, dans le haut grade où il est parvenu, les sentimens dus à son ancien maître ; sentimens qui s'allient naturellement avec la bravoure et la fidélité à son prince, dont cet officier supérieur a fait preuve dans sa glorieuse carrière militaire. Voyez sur les exploits de M. le général Dulong, les journaux du temps, et les Fastes de la nation française, par Ternisien d'Haudricourt, tome 1er.

serait fini par des pinceaux plus habiles. Puisque cette tâche honorable m'a été réservée, j'essaierai de l'achever, en retraçant l'art important et difficile que M. Thévenot possédait à un degré supérieur, celui de développer le caractère de ses élèves. Persuadé que tous les caractères sont naturellement bons, qu'il ne s'agit que de les conserver tels, il mettait son application à les étudier, à les bien connaître, et à les diriger ensuite vers le but de leur destination, conformément aux vues de l'auteur de la nature. Il aimait, dans la conversation, à raconter des traits de ceux qui sortaient de la route commune, soit par leur singularité, soit par les actions ou les sentimens dont ils étaient la source. Je vais rapporter un entretien qu'il eut avec moi à ce sujet, peu de temps avant qu'il fût atteint de la maladie à laquelle il a succombé.

Nous étions, sur la fin de l'automne, dans un petit jardin implanté d'arbres fruitiers, et où l'on entendait, autour d'un bassin d'eau, et sur les fleurs des champs, le léger bourdonnement de mouches à miel, dont, comme le vieillard de Virgile habitant les bords du Galèse [1], il possédait quelques ru-

[1] *Georg. lib.* 4. *v.* 125 *et seq.*

ches, qui faisaient la plus douce occupation de ses loisirs. Là, sous l'ombrage de deux maronniers jumeaux que j'ai vu planter dans mon enfance, et qui me rappeleront toujours son souvenir mêlé à celui des amusemens et des jeux de cet âge, penchant sur moi sa tête blanche et vénérable comme celle d'un patriarche, il me dit d'un ton pénétré :

« Mon ami, il y a près d'un demi-siècle,
» qu'étant maître de pension à Brinon, l'on
» me confia l'éducation d'un enfant dont
» l'histoire pourra vous intéresser. Fruit du
» malheur, cet enfant n'a point reçu les ca-
» resses de sa mère enlevée par le trépas,
» avant qu'il ait pu la connaître ; et à peine
» a-t-il joui quelques instans de la tendresse
» paternelle, qui lui a été enviée et ravie
» avant le temps [1]. Il était doué d'un carac-

[1] Malheureux le mortel dont le cœur isolé
Par le doux nom de fils ne fut point consolé !
Il cherche tristement un appui sur la terre,
Et l'ennui vient s'asseoir sous son toit solitaire.

Millevoye.

Avant de connaître ces vers, j'avais exprimé la même pensée dans ceux-ci :

Combien de fois, hélas ! dans cette solitude
Où le sort paraissait les avoir condamnés,
J'ai vu par le chagrin mes jours empoisonnés !
J'éprouvais de l'ennui, même au sein de l'étude
Aucun livre ne vaut le souris d'un bon cœur.
Et qui vit sans parens ignore le bonheur.

Opuscules en vers et en prose, page 163

» tère pacifique, franc, droit, élevé, et d'une » sensibilité extrême, source des grandes » affections de l'ame. Je commençai par » l'éprouver pour le bien connaître ; puis, » selon ma méthode, je me réglai sur cette » connaissance pour le développer. Ayant » remarqué en cet enfant un goût particulier » pour l'étude, j'en profitai pour appliquer » son esprit aux choses solides vers les» quelles je le menai comme par la main, » à la culture et au perfectionnement de sa » raison ouverte à mes instructions. Je fis » germer, croître et fructifier, dans son ame, » tous les bons principes, source et aliment » des vertus généreuses et utiles à la société. » Les idées de justice surtout, cette vertu » dont le sentiment est inné dans le cœur » de l'homme, jetèrent de profondes racines » dans le sien.

» Livré à lui-même, presque au sortir de » l'enfance, sans appui comme sans se» cours, dans des temps malheureux et dé» pravés, ces idées et ces principes, puisés » dans l'étude des livres saints comme dans » celle des sages de l'antiquité et du petit » nombre de modernes qui ont imité leur » réserve, lui servirent de boussole et d'égide

» pour se conduire et se préserver au milieu » d'écueils de toute espèce. Il les franchit » avec autant de bonheur que de courage. » Etranger à tous les partis, ne connaissant » que son devoir, appliqué tout entier au » travail, et d'ailleurs bienveillant envers » tout le monde, comme tout le monde fut » bienveillant envers lui, il se fit des amis » et des protecteurs. Parmi ces derniers, il » en eut d'illustres et de puissans qui l'ho- » norèrent de leur estime, et qui lui offrirent » de l'appuyer de leur crédit; mais il eut si » peu d'ambition, la modération de ses désirs » fut telle, qu'il ne songea pas à profiter de » ces offres, pour parvenir à la fortune. Au » contraire, il eut beaucoup à souffrir de » l'adversité qui fut long-temps son partage. » Sa sensibilité s'en accrut; et son carac- » tère, développé et mûri à cette école, s'a- » grandit et se fortifia par les épreuves mul- » tipliées qu'il eut à soutenir et par des pri- » vations en tout genre..... » M. Thévenot s'arrêta en cet endroit, comme affecté d'un souvenir pénible. Ensuite il s'écria avec l'accent de la plus vive sensibilité, et comme si son élève eût paru tout-à-coup devant lui: « Oh! mon jeune ami, que n'ai-je été infor-

» mé de votre situation! Je me serais em-
» pressé de vous secourir avec le respect dû
» au malheur; car rien n'autorise jamais à
» l'humilier, et la bienfaisance, comme l'a-
» mitié, a aussi sa délicatesse..... » Puis, d'un ton plus calme, quoique toujours pénétré, en fixant ses yeux sur moi, il poursuivit ainsi:
« Eloignés l'un de l'autre par mon établis-
» sement dans votre ville, devenue depuis
» quarante années ma patrie adoptive, je
» perdis long-temps de vue ce jeune homme.
» Un écrit qu'il publia, et dont j'eus com-
» munication, me rappela son souvenir. C'est
» alors qu'il me fit confidence des malheurs
» qu'il avait essuyés, et d'actions ignorées
» même de ses proches, de ceux en vue des-
» quels il les avait faites, et dont la plupart
» n'avaient eu que Dieu pour témoin. Je
» descendis, pour ainsi dire, avec lui dans
» sa conscience; et je n'y vis rien qui dé-
» mentît les leçons de sagesse, d'honneur
» et de désintéressement que je lui avais
» données, et qu'il a continué de suivre.

» Je vais vous raconter deux ou trois traits
» qui peignent la délicatesse de ses senti-
» mens, et la générosité de son caractère
» méconnu.

» Pendant la révolution, le père de ce » jeune homme, qui ne s'en était fait con- » naître que comme un bienfaiteur, et qui » ne l'avait abandonné à sa destinée que » par l'effet de circonstances indépendantes » de sa volonté, fut enfermé comme sus- » pect dans une des bastilles qui couvraient » le sol de la France. Le jeune homme, » désespéré, tenta de le sauver au risque de » se perdre lui-même. Il eut la hardiesse » d'adresser une réclamation en sa faveur, » à l'un des proconsuls envoyés par le gou- » vernement révolutionnaire pour resserrer » les fers des prisonniers. Le ton qui régnait » dans cette réclamation courageuse imposa » à ce satellite de la tyrannie. Il la renvoya » au comité révolutionnaire pour y faire » droit; et dès-lors ce père infortuné eût » recouvré sa liberté qui ne lui fut rendue » qu'après le 9 thermidor, sans le hasard » qui fit tomber cette pièce entre les mains » de son dénonciateur, membre de ce co- » mité, lequel était un ingrat qu'il avait » obligé.

» Des raisons que je passe sous silence, » avaient fait cacher soigneusement à mon » élève le secret de sa naissance. Il lui fut

» révélé par l'effet du hasard à un âge où la » prudence n'est pas ordinaire. Cependant » on ne s'est jamais aperçu qu'il en fût » instruit, si ce n'est par sa profonde véné- » ration pour l'auteur de ses jours. Quoique » réduit aux plus pressantes nécessités, il » aima mieux lui laisser ignorer sa détresse, » que de commettre la moindre indiscrétion » qui eût pu la faire cesser.

» Enfin la Providence, dans le sein de » laquelle il s'était réfugié comme auprès » d'une bonne mère, parut vouloir le favo- » riser par un établissement avantageux. Les » bords de l'Armançon, les rives de l'Yonne, » et les coteaux de Chablis et d'Auxerre » (villes où je fais chaque année, aux va- » cances, un voyage pour visiter mes amis, » dont quelques-uns sont devenus les vô- » tres) [1], ont retenti des accens que sa muse » fit entendre pour célébrer son bonheur et » sa reconnaissance. Mais, comme toutes les » choses humaines, fragiles par leur nature, » ce bonheur fut de courte durée. Mon élève » fut replongé dans l'infortune par la perte

[1] Il existe à Auxerre une famille amie de M. Thévenot, et dans cette famille une personne surtout, dont le souvenir me sera toujours cher pour les sentimens qu'elle n'a cessé de me témoigner.

» de ce qu'il avait de plus cher ; mais cette » fois, sa sensibilité, mise à une nouvelle » épreuve, la trouva d'autant plus rude à » supporter, qu'à l'amertume de son afflic- » tion se mêla une de ces plaies du cœur, » qui saignent d'autant plus long-temps que » tout murmure, toute plainte, toute confi- » dence, tout épanchement quelconque de » ce cœur blessé, lui étant interdit, le baume » de la consolation manque pour le guérir.

» Peut-être seriez-vous curieux d'appren- » dre l'origine et la nature de cette plaie » secrète. C'est un mystère que je ne puis vous » révéler ; mystère peut-être impénétrable » d'ailleurs, tant le cœur humain a de pro- » fondeur et se sonde difficilement. Qu'il » vous suffise de savoir que la blessure du » cœur de mon ami a sa source dans sa » sensibilité, et que son silence est dû à sa » délicatesse et à son désintéressement. Je » l'ai vu, à mon dernier voyage, en proie au » plus violent chagrin : celui que l'adversité » n'avait pu abattre dans son adolescence, » a failli succomber sous ce poids accablant » dans la force de l'âge. J'ai appris, depuis, » que la raison et la sagesse étaient heu- » reusement venues à son secours avec le

» temps. Certain de n'avoir point mérité son » sort par sa conduite, il s'est enfin résigné » à la volonté de la Providence, en songeant » que le prix de la vertu n'est pas en ce » monde, et que, comme l'a dit un sage qui » l'honora de sa bienveillance tant qu'il vé- » cut : LA VERTU RESSEMBLE A UN ARBRE » DONT LES RACINES TIENNENT A LA TERRE, » MAIS QUI NE DONNE SON FRUIT QUE DANS » LE CIEL [1]. »

Tel fut le discours que me tint M. Thévenot : telles furent les dernières paroles solennelles que je recueillis de la bouche du mentor de ma jeunesse ; paroles suprêmes, *verba suprema,* qui, conformes à la situation de mon ame pendant ce récit, et au déclin de l'année déjà en partie dépouillée de ses ornemens, me firent pressentir notre prochaine et éternelle séparation.

Cet excellent homme était né à Dampierre, arrondissement d'Arcys-sur-Aube, le 22 février 1746, et est mort à Troyes, le 19 février 1821, après vingt-six jours de douleurs aiguës de rhumatisme, qu'il a supportées avec la plus religieuse résignation. Il s'en fallait de trois jours qu'il eût soixante-quinze ans, dont il

[1] Bernardin de Saint-Pierre, tome 12, page 10.

en avait consacré plus de cinquante, à l'enseignement, comme maître de pension et comme professeur du collége. Ainsi, *la vie de M. Thévenot,* suivant la remarque d'un magistrat qui a su l'apprécier et dont le suffrage vaut seul un éloge [1], *a été bien remplie, puisqu'elle a été laborieuse, utile et modeste.*

Platon a observé, d'après Socrate, que deux chemins conduisent à l'immortalité. En effet, l'homme, comme être sensible et pensant, a deux moyens de vivre dans l'avenir; par ses bienfaits, et par les productions de son esprit. Celui qui n'a vécu que pour se rendre utile à la société, qui a consacré son existence au service de ses concitoyens, et pour qui le bonheur de ses semblables a été l'objet constant de sa sollicitude, a satisfait au plus noble devoir de l'homme, au plus pressant besoin de son cœur, la bienfaisance: l'accomplissement de ce devoir, la pratique de cette vertu, suffit pour l'élever au-dessus du vulgaire. Mais si le même individu, faisant

[1] M. Paillot de Loynes, ancien maire de la ville de Troyes, deux fois membre de la chambre des députés, et président actuel du conseil-général du département de l'Aube. Un autre magistrat, non moins distingué (M. Corps, président du tribunal civil de Troyes), a rendu le même hommage à M. Thévenot, dans le billet de souscription dont il a bien voulu m'honorer.

usage des facultés de son esprit, a consacré ses veilles à la méditation ; s'il a enrichi la science par ses élucubrations, et légué le fruit de ses travaux à ses émules et à ses successeurs dans la carrière qu'il a parcourue, il a doublement rempli la tâche par laquelle l'homme dérobe son nom à l'oubli, et acquiert des droits éternels à la reconnaissance et à la vénération publique. On jugera si M. Thévenot, qui, certes, s'est acquitté du devoir de la bienfaisance, a aussi atteint, par ses ouvrages, le but auquel est attachée cette récompense.

Je vais donner la liste sommaire de ceux qu'il a publiés, avec des observations sur leur objet, leur importance, et leur exécution typographique. J'éviterai, autant que possible, la sécheresse des détails ; mais s'il m'en échappe qui paraissent minutieux, on me les pardonnera en faveur des bibliophiles pour qui sont particulièrement destinés ces sortes de détails, qu'ils aiment et recherchent pardessus tout.

Le premier des ouvrages de M. Thévenot qui soit parvenu à ma connaissance, est un cours de septième, en un volume in-12 de 264 pages, non compris un préambule qui a une pagination particulière de 63 pages, imprimé à Troyes sans indication d'auteur. C'est un essai qui a été considérablement augmenté, et surtout perfectionné dans l'ouvrage suivant destiné à former les élèves à la traduction des auteurs latins et à la composition des thêmes. Aussi l'auteur l'appelait-il par plaisanterie *l'Embryon de sa méthode.*

2°. Elémens des langues latine et française, ou Méthode élémentaire pour apprendre la langue latine, précédée des premières notions de la langue française, 1 volume in-12, de 800 pages, divisé en deux parties, imprimé à Troyes, avec le millésime de 1733, en chiffres romains, au lieu de 1783, par l'omission du chiffre romain L suppléé à la main sur certains exemplaires. Faute qu'il est d'autant plus surprenant qu'on ait laissé échapper, que l'impression de l'ouvrage, dont l'auteur n'avait pas été satisfait, fut recommencée presque aux trois-quarts. Il était à l'égard de la correction de ses livres d'une sévérité qui pourrait paraître excessive, mais que l'on ne peut trop avoir ou trop recommander, si l'on veut qu'une production, d'ailleurs estimable, passe avec honneur à la postérité. Ce même ouvrage, dont l'exécution typographique n'était pas alors facile en province, à cause de la grande quantité et variété de caractères romains et italiques dont l'assortiment ne se trouvait guère que dans la capitale, a particulièrement le mérite de la correction et de la netteté qui font une bonne impression. Il est devenu si rare que de quinze cents exemplaires qui ont été tirés, on n'en rencontre plus que dans les ventes, et encore assez difficilement. Il a été fait un tirage à part, de vingt-cinq exemplaires en papier fort de Hollande, reliés uniformément comme les Barbou en veau doré sur tranches. Les amateurs qui possèdent ces exemplaires, les conservent soigneusement, soit à cause de leur beauté typographique, soit parce qu'ils les considèrent comme des gages de l'amitié ou de l'estime de l'auteur. Au reste cette méthode élémentaire avait été adoptée avec succès dans plusieurs pensionnats, avant la création de la nouvelle université, et jugée digne de devenir classique par des personnes capables de l'apprécier. Nommer parmi ces personnes le père Adry, de l'Oratoire, dont il sera parlé ci-après, c'est en faire assez l'éloge.

3°. Principes de grammaire française, 1

vol. in-12 de 224 pages, imprimé à Troyes, en l'an 9 (ou 1801). J'en ai donné l'analyse dans le Journal du département de l'Aube, du 4 germinal même année. Je ferai remarquer comme une chose neuve dans cette grammaire, un exercice sur l'orthographe, dont l'auteur dit avoir conçu l'idée, d'après ce qui est rapporté dans une Vie de Montaigne, que, pour lui apprendre la langue latine dans son enfance, on lui dictait en mauvais latin un thême qu'il était obligé de rendre en bon latin. Ainsi M. Thévenot donnait aux commençans pour leçons d'orthographe française, des extraits des meilleurs ouvrages composés en cette langue, mais mal orthographiés, sans ponctuation, ou avec une ponctuation vicieuse ; et ces commençans devaient, en les copiant, rétablir la ponctuation et l'orthographe telles que l'une et l'autre se trouvent dans les auteurs d'où ces extraits sont tirés. Cette idée a été suivie dans différentes cacographies publiées depuis pour l'instruction de la jeunesse, et auxquelles cet exercice peut avoir servi de modèle.

Ce n'est pas le lieu d'examiner le mérite de cette innovation, dont le succès par rapport à l'esprit pénétrant et incomparable du philosophe auteur des *Essais,* ne peut tirer à conséquence pour d'autres. Mais M. Thévenot se félicitait beaucoup de l'adoption de cette méthode, et chaque année il publiait les résultats des compositions des principaux élèves de sa classe, qui avaient concouru au prix d'orthographe, désirant par là mettre le public à portée de juger de leurs progrès, par l'effet de cette méthode jusqu'alors inusitée.

4°. Questions sur les principes généraux de la langue française, opuscule de 48 pages in-8° en petit romain, très-serré, imprimé à Troyes pour la *cinquième fois,* sans indication d'année. On croit que c'est en 1810, quelque temps avant la mort de M. l'abbé Herluison, qui a bien voulu faire sur cet opuscule des remarques assez étendues, dont M. Thévenot a profité pour rendre cette dernière édition plus ample et plus correcte que les précédentes. J'en ai vu un exemplaire in-4° où les demandes sont séparées des réponses.

Cet abrégé de grammaire par demandes et réponses, rappelle un extrait de la méthode élémentaire, composé de quelques pages, et qui servait aux commençans d'introduction à cet ouvrage. M. Thévenot n'omettait rien de ce qui était capable de faciliter l'étude à ses élèves ; et sa main, comme celle d'une mère tendre et attentive, écartait soigneusement du champ de l'instruction les épines et les ronces qui en hérissent l'entrée. Plus porté par la bonté de son caractère indulgent à caresser l'enfance qu'à la châtier, il suivait à la lettre cette épigraphe, tirée d'Horace, et placée en tête de son livre :

Ut pueris olim dant crustula blandi
Doctores, elementa velint ut discere prima.

Le maître habile, à l'aide des bonbons,
Fait goûter aux enfans ses premières leçons.

(*Trad. de M. Daru.*)

5°. *Anthologia poëtica latina, etc.* Anthologie poétique latine, imprimée à Paris, chez Auguste Delalain, en 1811, 2 volumes in-8°, l'un de 504 pages, non compris une demi-feuille d'avertissement, et l'autre de 524 pages, non compris encore des tables alphabétiques : très-bonne édition d'un recueil entrepris sur le modèle du Parnasse latin, des leçons latines de M. Noel, etc., et spécialement destiné aux jeunes professeurs. Il contient près de sept cent cinquante morceaux, extraits de plus de cent cinquante poètes latins modernes, la plupart d'une rareté excessive, et qui ne se trouvent que dans les grandes collections de livres. Sous ce rapport, il peut, à légers frais, leur tenir lieu d'une bibliothèque immense et dispendieuse. Il est composé avec choix, comme je l'ai observé à l'article THÉVENOT, inséré dans les Œuvres inédites de Grosley, « de sujets moraux, historiques, allégoriques, » et d'autres purement ingénieux ou d'un » badinage aussi délicat qu'agréable, » sans parler d'un grand nombre de sujets relatifs à la religion qui, de même que l'amour du prince et de la patrie, a toujours fait la base de l'enseignement, soit particulier, soit public, de ce professeur.

Jaloux d'obtenir les suffrages de ses concitoyens par-dessus tout, il a dédié ce recueil au corps-municipal qui les représente; et le corps-municipal, non moins jaloux de favoriser le succès d'un ouvrage utile, s'est empressé de l'accueillir, ainsi que l'Epître dédicatoire où sont exprimés les sentimens d'un excellent citoyen [1].

[1] J'avais alors l'honneur de faire partie de ce corps, dont plusieurs membres cultivaient les lettres, et tous honoraient (comme ceux qui aujourd'hui composent le même corps) les personnes

Quelques exemplaires du recueil dont il s'agit, en papier vélin et qui n'ont point été mis en vente, contiennent une pièce de vers latins, en forme d'acrostiche, traduite en vers français, en l'honneur de M. Lucot, chanoine de l'église cathédrale, alors principal du collége : et l'on trouve de plus dans quelques-uns, un carton ou supplément d'un quart de feuille, formant, sous le titre courant de *Anthologia Miscellanea,* les pages 505 à 508 du premier volume. Enfin il existe d'autres exemplaires, à la fin du second volume desquels est joint le poème ci-après, avec une pagination particulière.

adonnées à leur culture. C'est sous leurs auspices qu'ont été publiées les Œuvres posthumes de Grosley, à la réserve du quatrième volume qui n'a pu l'être ; et que le buste en marbre de ce savant académicien a été associé à ceux dont il a fait présent à sa patrie. Pour ne nommer que les morts, on y voyait M. Martin, ingénieur en chef, qui avait été collègue au collége de France de l'auteur du poème d'Achille à Scyros, et M. l'abbé Leduc, digne successeur de M. l'abbé Herluison dans les fonctions de conservateur de la bibliothèque du département. M. l'abbé Leduc a laissé un témoignage de sa bienveillance envers moi, dans une note placée en tête du psautier du comte Henry : note où il relève avec une politesse obligeante la méprise dans laquelle je suis tombé, page 106 du tome 1er des Mémoires sur les Troyens célèbres, en observant que la bibliothèque publique possédait ce livre précieux, tandis qu'il était au trésor de l'église cathédrale à laquelle il appartient et où il se trouve encore. Je m'empresse de réparer cette méprise, suivant le précepte que j'ai toujours observé de rendre *à César ce qui est à César*, etc.

6°. Une édition de la traduction anonyme en vers latins du Ververt de Gresset, avec le texte en regard, suivie de la traduction en vers français de la paraphrase en vers latins du 8e psaume, par Théodore de Bèze, formant quarante pages in-8°, tirée sur papier de Hollande à un très-petit nombre d'exemplaires, lesquels n'ont pas été mis en vente. Ils ne portent aucune indication du nom de l'imprimeur, ni de l'année de l'impression. Cette édition est postérieure à la publication de mes Opuscules, imprimés à Paris en 1810, et où l'on trouve une imitation en vers libres de la même paraphrase, dont M. Thévenot a emprunté quelques vers pour sa traduction. Elle a été imprimée par M. Bouquot fils, typographe à Troyes, lequel a travaillé aux éditions in-12 et in-8° des Ephémérides de Grosley, que j'ai publiées : éditions qui, pour le dire en passant, ne portant point le nom de l'imprimeur, ont trompé des amateurs qui les ont cru exécutées dans la capitale. En effet, elles ne le cèdent en aucune manière, aux éditions sorties des presses parisiennes, sans excepter celles de MM. Didot, comme on peut s'en convaincre, en comparant un exemplaire in-8° des Ephémérides, en papier fin, avec un exemplaire en même papier, de l'édition stéréotype in-8° des Essais de Montaigne, imprimée chez MM. Pierre et Firmin Didot, en 1802, laquelle a servi de modèle pour la composition typographique de l'ouvrage de Grosley [1], dont je m'étais réservé la révision des feuilles, à mesure qu'on les mettait sous presse, et cela indépendamment des épreuves : seul moyen d'obtenir une impression parfaitement correcte.

7°. Des lettres et dissertations, la plupart grammaticales, insérées dans le Journal de Champagne de 1782, et années suivantes, et dans d'autres journaux qui lui ont succédé : mais étant presque toutes anonymes, il serait difficile de les indiquer, et d'ailleurs elles ne sont pas de beaucoup d'importance.

[1] Lorsque j'eus l'honneur de présenter le premier exemplaire de cet ouvrage à M. de Cafarelly, alors préfet du département, il me dit, après y avoir jeté les yeux : « Je ne croyais pas que l'on fît » aussi bien dans ce pays. »

M. de Cafarelly n'est pas flatteur et se connaît en éditions. On lui doit la traduction du grec des Géoponiques ; et, non moins bon administrateur qu'habile helléniste, il a remplacé avec honneur M. de Valsuzenay, mais sans le faire oublier : comme M. de Valsuzenay, en reprenant sa place, n'a point fait oublier M. de Mézy, successeur de M. de Cafarelly. Emules en talens et en vertus, M. de Valsuzenay a sur M. de Mézy l'avantage d'un droit antérieur et d'une plus longue possession de l'estime publique, comme préfet.

Heureux le pays dont les habitans peuvent se glorifier d'une pareille succession d'administrateurs ! et heureux les administrateurs auxquels il est donné d'avoir à administrer des habitans capables de les apprécier dignement !

Indépendamment de ces ouvrages imprimés, M. Magloire Thévenot a laissé à M. Augustin Thévenot, son neveu, maître de pension à Troyes, lequel s'est voué comme lui à l'instruction publique, et marche avec honneur sur ses traces dans cette carrière, un manuscrit autographe et inédit, consistant en une Anthologie historique et morale, en latin et en français, extraite de divers auteurs, historiens et moralistes, grecs, latins et français.

Ce manuscrit, divisé en trois parties, forme environ neuf cents pages in-folio : l'auteur le destinait à l'impression, « pour servir, di-
» sait-il, de pendant à l'Anthologie poétique
» latine dans la bibliothèque des jeunes pro-
» fesseurs. » M. Adry [1], ancien bibliothé-

[1] C'est par erreur que dans l'article que, comme éditeur des Œuvres posthumes de Grosley, j'ai consacré à ce savant, son contemporain et son ami, je lui ai donné le prénom de François. Il s'appelait Félicissime. Il n'était pas de Troyes, non plus que M. Audra qui a reçu le même tribut de ma part ; mais ils y ont demeuré long-temps tous deux. M. Audra s'est occupé de recherches curieuses et instructives sur les usages de cette ville, et a laissé des Mémoires manuscrits dont son légataire a bien voulu me gratifier. C'est à ce titre que j'ai pensé que, quoiqu'il n'eût rien fait imprimer, il avait droit d'être compris dans la nomenclature des Troyens célèbres, commencée par Grosley, continuée par son éditeur, et que d'autres plus instruits achèveront. Telle est la réponse que je crois devoir faire, puisque l'occasion s'en présente, à la note critique insérée à la fin du n° 22 du Journal de la Li-

caire de l'Oratoire et habile philologue, a eu ce manuscrit entre ses mains, et ne le jugeait pas moins digne d'être publié que ce dernier recueil acquis par M. Delalain, et dont le succès semble être garant de l'em-

brairie de 1823. Quant à M. Adry, il a été plusieurs années régent de rhétorique au collége de Troyes. En 1787, il eut l'honneur de haranguer messieurs du parlement de Paris, exilé en cette ville. La publication des Œuvres de Grosley sur lesquelles je le consultai, et sa liaison avec M. Thévenot, m'ont procuré l'avantage de faire sa connaissance. Il m'accueillit avec bonté; et à l'un des voyages que je fis à Paris, où il est mort il y a peu d'années, il me communiqua son manuscrit sur la fable et les fabulistes. J'ignore si cet ouvrage très-volumineux a été imprimé. En voyant dans le Journal de la Librairie du 14 février 1824, l'annonce du prospectus d'un livre portant le même titre, proposé par souscription par M. Robert, j'avais pensé que ce pouvait être celui de M. Adry. La lecture de ce prospectus m'a détrompé. Mais j'y ai vu avec intérêt que le travail de M. Robert était basé sur des renseignemens fournis à M. le cardinal Loménie de Brienne, dont il était bibliothécaire, par Grosley, aidé des secours de M. Adry. J'ai trouvé dans les papiers du savant Troyen, avec l'article de La Fontaine dont j'ai enrichi ses Mémoires, une copie de ses recherches sur les sources où ce prince de tous les fabulistes anciens et modernes a pu puiser les sujets de ses fables; et sachant que M. Guillaume, membre de l'académie de Besançon, s'occupait de semblables recherches, je lui ai offert cette copie pour l'aider dans ses *Etudes* sur le bonhomme, dont il a saisi et peint avec autant de justesse que d'esprit et de grâce le charmant caractère. Il est à regretter que M. Guillaume se soit cru obligé de renoncer à son travail, pour avoir été devancé par MM. Guillon et Solvet. S'il l'eût terminé, comme M. Robert vient de terminer le sien après eux, nous aurions un bon ouvrage de plus sur le meilleur de tous les fabulistes présens, passés et futurs, que la province, dont Troyes était la capitale, revendiquait avec un orgueil aussi noble que légitime.

pressement du public à se procurer l'Anthologie historique et morale. J'ai vu des lettres adressées à M. Magloire Thévenot, par lesquelles on lui demandait, avec les plus vives instances, ce recueil qui a fait l'occupation d'une grande partie de sa vie, et qu'il regardait lui-même comme sa plus importante récolte. Il en a toujours différé la publication, dans la vue de le perfectionner, suivant le judicieux conseil qu'Horace donne aux auteurs, de laisser reposer plusieurs années leurs productions, avant que de les mettre au jour. *Nonumque prematur in annum.*

M. Adry et M. l'abbé Herluison, avec lesquels M. Thévenot était lié, n'étaient pas les seuls savans qui eussent de l'estime pour ses productions, et qui rendissent justice à son zèle. Quoique le genre de ses travaux ne fût pas de nature à lui attirer les brillans suffrages réservés à la poésie ou à la littérature, il en obtint d'honorables. Pourrais-je omettre, sans le priver du prix le plus flatteur à sa mémoire, de faire mention de la considération et du crédit dont il a joui, pendant son professorat, auprès des principales autorités civiles et ecclésiastiques de la ville de Troyes, et (ce qui a mis le comble à ses vœux comme à sa gloire) des bontés particulières que lui ont témoignées tour-à-tour, et ce prélat qui, par la simplicité de ses mœurs rehaussée de l'éclat des plus éminentes vertus, a fait revivre au milieu de nous les temps apostoliques [1], et ce pontife, son successeur, qui, non moins illustre par son éloquence que par la dignité dont il est revêtu, ne voit que des égaux parmi les pairs de France, mais n'en compte point parmi les orateurs chrétiens [2]?

L'érudition a aussi ses coryphées. Qu'on me permette de nommer encore ici l'un des plus célèbres et des plus dignes de sa renommée. Ayant envoyé à M. Gabriël Peignot, inspecteur de l'académie royale de Dijon, une notice bibliographique sur M. Thévenot, accompagnée d'un exemplaire de son Anthologie poétique latine, cet homme de lettres

[1] Mgr de la Tour du Pin, mort archevêque-évêque de Troyes.

[2] Mgr de Boulogne, évêque de Troyes, pair de France.

J'ai déjà cité (page 23) l'opinion de deux magistrats de cette ville. Voici ce que m'écrivait sur M. Thévenot, à l'époque où il fut appelé au collége, un homme d'état avec lequel j'avais l'honneur d'entretenir une correspondance littéraire : « Je connais M. Thé-
» venot. J'ai lu ses ouvrages, et j'en fais cas. Si Mr *** avait un
» petit échantillon des hommes qui surprennent la confiance du
» gouvernement et trouvent place dans les lycées (c'était avant
» l'établissement de la nouvelle université de France), il bénirait
» son étoile qui lui fournit M. Herluison d'un côté, et M. Thévenot
» de l'autre. »

m'a beaucoup remercié « de lui avoir fait » connaître un savant estimable, sur lequel » il n'avait eu jusqu'alors (m'a-t-il fait l'hon- » neur de m'écrire) que des notions impar- » faites, et qui était aussi laborieux qu'habile » écrivain, et bien digne de nos regrets. »

Quoi de plus flatteur que de tels suffrages! quoi de plus honorable que d'être loué par ceux qui sont eux-mêmes dignes de louanges?

C'est ce même homme de lettres qui a publié récemment deux ouvrages aussi instructifs qu'intéressans et variés. L'un a pour titre: Amusemens philologiques, ou Variétés en tous genres, 2e édition, 1 vol. in-8°. On peut dire de ce recueil que son titre n'est pas trompeur : il tient ce qu'il promet. L'autre, intitulé : Manuel du Bibliophile, ou Traité du choix des livres, en 2 volumes même format, est une production d'un ordre supérieur. Il renferme des jugemens sur les meilleurs écrivains, et des notices sur les meilleures éditions de leurs ouvrages, qui doivent exciter à le lire et à le consulter sans cesse, soit pour bien composer une bibliothèque, soit pour choisir, dans une bibliothèque bien composée, les livres qui priment dans tous les genres. C'est un choix motivé fait avec goût, et, pour tout dire en un mot, de main de maître. On ne peut pas être plus disert, plus judicieux, ni réunir à-la-fois plus d'esprit, de naturel, de grâce et d'érudition [1]. M. Peignot est un des hommes de lettres du royaume les plus instruits, les plus versés dans la littérature variée et dans la bibliographie. Il possède cette dernière science, dont il paraît avoir fait son étude principale, comme MM. Van-Praët, Robert, Thory, Barbier, ancien bibliothécaire, Beuchot, Louis Dubois, Jacob Kolb de Rheims,

[1] Je désirerais pouvoir donner un échantillon de sa manière, en rapportant ici ce que l'auteur dit de Grosley, pages 365 et 366 du 1er volume du Traité du choix des livres; mais j'y suis trop loué pour prendre cette liberté. Qu'il me soit permis toutefois de satisfaire au besoin de mon cœur, d'exprimer combien je suis sensible à l'amitié dont ce savant m'honore, et reconnaissant des services que m'a rendus un de ses compatriotes, aussi versé dans les lettres et les sciences, M. le docteur Protat, médecin non moins habile que désintéressé de la ville de Dijon. Heureux si j'étais capable de rendre à l'un et à l'autre un plus digne hommage, qu'une stérile admiration pour leurs talens et leurs vertus!

Je ne terminerai point cet écrit essentiellement consacré à la reconnaissance, sans remercier le public en général de l'intérêt et de la bienveillance dont il m'a donné tant de preuves, et les gens de lettres en particulier de l'affection et de l'estime qu'ils m'ont témoignées. Je ne puis mieux leur marquer ma gratitude, qu'en m'efforçant de plus en plus d'être utile à mes concitoyens et à ma patrie; et de servir, autant que mes moyens et mes forces me le permettront, l'auguste Prince, le meilleur des Rois dont j'ai osé faire l'éloge.

Guillaume de Besançon, Amanton de Dijon, etc., qui y excellent.

Quel honneur et quelle gloire pour M. Thévenot, si l'un de ces savans distingués, dignes appréciateurs du vrai mérite, daignait composer, d'après ces documens véridiques et ceux qu'ils ont pu recueillir eux-mêmes, l'article qui lui est réservé sans nul doute dans la Biographie universelle, monument national, panthéon littéraire, où sont admis, à juste titre, après leur mort, tous ceux qui ont cultivé les lettres et les sciences, et par elles contribué, soit à l'illustration, soit à la prospérité de la patrie!

Puissent les fleurs tardives et décolorées que je viens de répandre sur sa tombe, m'acquitter envers le professeur estimable auquel je dois les fruits de mon éducation! Puisse cet hommage du cœur parler aux cœurs de ses concitoyens, les enflammer de zèle pour le bien public, et les exciter à imiter son exemple, et particulièrement sa générosité et son désintéressement, son amour et son dévouement pour son pays et pour son Roi!

MÉMOIRE

POUR

LES ENFANS-TROUVÉS ET ABANDONNÉS,

REÇUS EN L'HOSPICE DE LA VILLE DE TROYES.

OBSERVATION PRÉLIMINAIRE.

En composant la réclamation suivante en faveur des enfans-trouvés et abandonnés, reçus dans l'hospice de Troyes, j'ai eu en vue de payer une dette de l'humanité, en même temps que je remplis un devoir, ou pour mieux dire, que j'use d'une des plus belles prérogatives de la place que j'occupe.

Non ignara mali, miseris succurrere disco.

VIRG.

Je puis même ajouter sans honte, d'après ce beau vers qui plus d'une fois m'a été personnellement applicable, que c'est le sentiment éprouvé de l'infortune qui m'a dicté cette réclamation. Son importance est évidente, et sa simplicité exclut, de ma part, toute autre prétention que l'utilité.

Au surplus, l'approbation qu'elle a obtenue de l'honorable compagnie à laquelle je l'ai présentée [1],

[1] Le conseil de charité établi près la commission administrative.

déjà si flatteuse par elle-même, aurait eu un prix infini pour moi, si l'intérêt qu'elle a excité sur le sort de ces orphelins avait été suivi de quelque fruit pour eux.

En applaudissant aux observations renfermées dans mon aperçu [1], l'on a regreté de ne pouvoir les adopter et en faire la matière d'une délibération, parce que (a-t-on dit) la dépense relative aux enfans déposés à l'hospice étant à la charge du trésor public, ne concerne point l'administration de cet hospice.

Cependant ce sont les conseils de charité qui doivent, chaque année, régler cette dépense, de concert avec les commissions administratives. Je veux qu'ils n'aient pas le droit de rien changer aux prix accordés par l'Etat, sur son trésor, pour la nourriture des orphelins recueillis dans les hospices. Du moins ont-ils le pouvoir de proposer au gouvernement, une augmentation de ces prix, lorsqu'ils la croient utile, comme il serait de leur devoir de proposer la réduction de ces mêmes prix, s'ils la jugeaient indispensable. S'il en était autrement, en quoi donc la prérogative des conseils de charité consisterait-elle? Quel serait donc le but de leur institution, s'ils n'avaient pas le droit de proposer des améliorations?

En conséquence, j'ose reproduire mes observations

[1] Mon premier Mémoire n'était en effet qu'un simple aperçu : forcé de m'absenter le jour fixé pour la discussion de la partie du budjet concernant les enfans-abandonnés, j'envoyai à MM. les rapporteurs du conseil mes idées rédigées à la hâte dans les bornes d'une lettre ordinaire.

fortifiées de nouvelles raisons et de preuves plus étendues, et les remettre, avec confiance comme avec respect, sous les yeux de MM. les administrateurs de l'hospice de Troyes, de même que sous ceux de MM. les membres du conseil de charité, et de l'illustre prélat, pair de France, qui le préside. J'appelle encore une fois leur attention sur ces victimes de la destinée, pour qui, par sentiment comme par leurs fonctions, ils sont une SECONDE PROVIDENCE.

C'est à vous surtout, ministre évangélique, puissant en œuvres et en paroles [1], qu'il appartient et qu'il est réservé, sans nul doute, de toucher l'autorité en faveur de ces orphelins, en développant et en faisant valoir auprès d'elle les motifs qu'on n'a pu qu'indiquer, et dont le simple exposé porte avec lui de l'intérêt. Que sera-ce quand cet intérêt si tendre par lui-même, sera relevé par la magnificence du style, et par l'onction de la charité chrétienne? Si le triomphe de l'éloquence consiste à vaincre les obstacles, qui peut mieux y réussir que le premier des orateurs sacrés?...

Vous ne contribuerez pas moins efficacement à cette bonne œuvre, vous qui, par vos fonctions, êtes le tuteur-né et le protecteur que la loi et la religion donnent à ces mêmes orphelins [2];

Et vous aussi, religieuses hospitalières, vouées au

[1] Mgr l'évêque de Troyes, pair de France.

[2] M. le maire, président de la commission administrative de l'hospice.

service des pauvres malades et infirmes, qui accueillez les premières, par vos caresses, ces innocentes créatures, victimes de l'abandon maternel;

Vous, leurs sœurs comme celles de la charité, nobles filles de Saint-Vincent, héroïnes chrétiennes si grandes dans votre simplicité, et si admirables dans votre dévouement;

Et vous enfin qui, comparables aux dames illustres dont la piété seconda si puissamment le saint fondateur de tant d'établissemens charitables, ne vous montrez pas moins généreuses par les secours que vous accordez à la maternité [1], sous les auspices de l'auguste princesse, instruite par l'infortune à consoler l'infortune [2], dont l'ame céleste est la charité vivante, un rayon visible émané de Dieu même, et qui, de son trône miséricordieux, descend et réfléchit jusque dans les plus humbles chaumières. Cette protectrice de tous les malheureux ne sera pas plutôt informée du danger imminent auquel sont exposés ces petits êtres délaissés, que, semblable à la prin-

[1] Mesdames de l'Association de la Maternité, à la tête desquelles on voit Mmes de Valsuzenay, de Mézy et de Courcelles (noms à jamais mémorables dans les Fastes de Troyes); Mme Angenoust, Mme Dalbanne, Mlles Guélon, etc. Ces dernières, si connues par leur piété, leur charité et leur zèle pour le soulagement des pauvres et de tous les infortunés, sont sœurs de M. Guélon-Marc, célèbre par son dévouement pour Louis XVI, et à la mémoire duquel le conseil-municipal vota, l'année dernière, un monument funèbre, dont l'érection est désirée par tous ceux que les actions sublimes transportent d'admiration.

[2] Madame, duchesse d'Angoulême.

cesse qui préserva des eaux du Nil le berceau du législateur des Hébreux, son cœur s'empressera de *sauver ces nouveaux Moyses,* en protégeant de même leurs berceaux; c'est-à-dire, en accueillant avec bonté une demande qui ne peut souffrir de délai, puisque le retard d'un jour, d'une semaine, d'un mois, d'une année, précipite autant d'individus, et même des générations entières, dans le tombeau!

Qu'à défaut donc de la cloche funèbre, il se prolonge en leur faveur un cri de compassion qui retentisse aux pieds du trône, et ils seront sauvés!

Pater meus et mater mea dereliquerunt me.

Psalm. 26.

Ces *pauvres enfans,* en faveur desquels, en général, l'éloquent panégyriste du vertueux fondateur de leur hospice a fait retentir les accens touchans de l'humanité et de la religion, doivent fixer particulièrement l'attention du conseil de charité établi près la commission administrative de l'Hôtel-Dieu où ils ont été recueillis.

Leur destinée ne saurait être indifférente à l'Etat, puisqu'ils font partie de la société, et que, comme les autres citoyens, ils seront un jour appelés à la servir, à la défendre, ou à l'illustrer. Tous les soins que réclame leur conservation, doivent donc leur être prodigués; et c'est dans l'enfance surtout, dans cette première saison de la vie, à cet âge si tendre où l'existence est si frêle, que ces soins leur sont le plus nécessaires.

A cet égard, on ne peut que se louer des personnes préposées à leur service par l'administration paternelle chargée de l'éducation de ces orphelins. Ces personnes, moins attachées à leurs propres intérêts qu'animées de l'esprit de charité, apportent la plus scrupuleuse attention à tout ce qui les regarde, et spécialement au choix des nourrices destinées à leur donner les premiers alimens dont ils ont besoin. Elles ne les confient, autant qu'il est possible, qu'à celles dont les mœurs pures et la bonne conduite leur sont ou connues ou attestées. Mais quoi! suffit-il de ces attentions? suffit-il même de la bonne volonté des nourrices, si les moyens leur manquent, pour élever convenablement les nourrissons dont elles se chargent, les unes par un sentiment d'humanité, qui se change en affection (il faut en convenir), les autres (et c'est malheureusement le plus grand nombre) par un calcul aussi mal entendu pour elles-mêmes quand elles s'acquittent de leur devoir envers eux, que funeste à ces infortunés quand elles y manquent. Calcul évidemment basé sur le désir et l'espoir d'apporter quelque soulagement à leur propre misère. Car, à quelques exceptions près, ce ne sont guère que de pauvres femmes de la campagne, qui, malgré leur indigence, ou plutôt, à cause de leur indigence même, dans la vue de la diminuer, en espérant de gagner quelque chose, se présentent pour fournir aux enfans-abandonnés, recueillis par l'hospice, le lait ou la première nourriture que leurs mères leur ont refusé.

En effet, la rétribution que l'on donne aux nourrices est si modique, qu'il ne peut y avoir que des femmes réduites à l'indigence, capables d'accepter un salaire sans proportion avec leurs peines. Il n'est point de travail, si abject qu'il soit, qui ne rapporte davantage. Aussi, ces femmes indigentes, qui se chargent de l'éducation des enfans-abandonnés, ne pouvant les sustenter, les négligent, et se rendent aussi coupables que leurs mères, en devenant aussi insensibles à leurs besoins.

Qu'arrive-t-il de cette négligence fatale? que ces petits malheureux, deux fois repoussés de la vie, si je puis m'exprimer ainsi, par le défaut de soins et d'une nourriture abondante ou appropriée à leur âge, dépérissent promptement, meurent dans les angoisses de la faim : ou, si la force de leur tempérament résiste à cette épreuve, souvent ils ne traînent plus qu'une vie languissante condamnée à l'inutilité ou à la douleur. Combien n'y a-t-il pas de ces morts anticipées! que le nombre en est multiplié, comparativement à celles que subissent les enfans élevés par leurs parens!

Pour reconnaître la vérité de ces assertions affligeantes, il suffit d'un côté de jeter les yeux sur les relevés des décès des enfans admis par l'hospice, et sur les tables de mortalité ordinaires; et de l'autre, de comparer la dépense que font les plus pauvres gens, soit de la ville, soit de la campagne, pour nourrir et entretenir les fruits de leur union, avec ce qu'il en coûte à l'Etat pour laisser périr ceux que la charité publique recueille dans son sein. Il est évident que, quelque exiguë que soit la dépense des premiers, celle que le gouvernement fait pour le traitement des nourrissons de l'hospice est infiniment moindre, puisqu'elle est au-dessous même du strict nécessaire.

Il faut observer qu'elle est basée sur des prix faits il y a déjà un grand nombre d'années, lorsque le gouvernement, reconnaissant les inconvéniens d'envoyer à l'hôpital général des enfans-trouvés, ceux qui étaient déposés dans les provinces, établit des succursales dans les départemens: et que tout a depuis considérablement renchéri. Alors un père de famille trouvait facilement pour dix à douze francs par mois une bonne nourrice, qui se fait payer le double aujourd'hui. Le plus pauvre artisan déciderait à peine une femme de sa classe à se charger de nourrir son enfant, pour ce qu'il en coûtait autrefois à un homme riche. Ajoutez à cela qu'indépendamment du fixe, la nourrice d'un enfant de famille obtient, par surérogation, certains avantages dont les nourrices des enfans de l'hospice sont privées. Heureuses encore celles-ci, quand les termes du paiement stipulé ne se font pas trop attendre, et qu'elles ne sont pas obligées de faire plusieurs voyages inutiles pour le toucher ! Ce paiement étant quelquefois éloigné à cinq et six mois, et ne se faisant pas régulièrement, à des époques périodiques, particulièrement dans le cas où un nourrisson décède au milieu d'un terme, les nourrices pressées par le besoin se rebutent, se lassent, et murmurent : ce qui, joint à l'insuffisance du traitement, contribue à en diminuer encore le nombre [1].

Au surplus, voici relativement à la dépense

[1] M. Benoiston de Châteauneuf observe (dans un écrit publié en mai 1824, sous le titre de *Considérations sur les Enfans trouvés dans les principaux États de l'Europe*) que, dans le

que font le gouvernement et l'administration de l'hospice, quelques détails dont l'exactitude fera pardonner la sécheresse. Les fleurs dont je pourrais la couvrir dans d'autres circonstances, seront suppléées par la sensibilité que ce sujet inspire.

L'administration de l'hospice donne une première layette composée de cinq chemises, d'autant de drapeaux dont un mauvais est destiné, en cas de mort du nourrisson, à lui servir de suaire (tant on est soigneux à prévoir un cas qui arrive si fréquemment ce qui devrait rendre plus attentif à employer les moyens de le prévenir); de pareil nombre de béguins et de mouchoirs, de trois brassières, de trois langes de treillis, et d'un autre de serge qui doit être remis quand le nourrisson a neuf mois. A cette époque, la nourrice, outre le lange de serge, rapporte, des objets mentionnés ci-dessus, trois chemises, trois mouchoirs et trois béguins qui sont remplacés par quatre chemises neuves, et par autant

département de la Seine, les nourrices sont payées à la fin de chaque mois par des préposés chargés de leur inspection, et à domicile; qu'il y a aussi des médecins chargés de soigner la santé des enfans et de les traiter dans leurs maladies; enfin, que des nourrices sédentaires allaitent ceux qu'on apporte dans l'établissement, jusqu'à ce qu'ils puissent être placés à la campagne.

de béguins et de mouchoirs blancs : on y ajoute deux jupons de treillis, deux autres de toile, un corps de robe et un jupon de toile barrée ou siamoise, un tablier de cotonade, un bonnet de couleur, et trois blancs, une paire de bas et une paire de souliers.

Ces divers effets doivent servir à l'entretien du nourrisson, jusqu'à l'âge de quatre ans que la layette est renouvelée ; après quoi on ne fournit plus rien.

A l'égard du traitement, le gouvernement paie les trois premiers mois de nourrice, à raison de sept francs par chaque mois : les neuf mois suivans, pour compléter la première année, sont payés sur le pied de neuf francs onze centimes ; la seconde année sur le pied de sept francs ; la troisième année et les suivantes jusqu'à la sixième, à raison de six francs trente-cinq centimes.

Le paiement décroît encore successivement, jusqu'à l'âge de douze ans, terme passé lequel le nourrisson cesse d'être à la charge du trésor public, et, faute de moyens, l'objet de l'attention de MM. les administrateurs de l'hospice, au hasard de ce qu'il pourra devenir. A la vérité, une indemnité de cinquante francs est promise à ceux qui auront élevé un enfant jusqu'à cet âge ; mais est-ce un appas suffisant pour engager à le garder, lorsque depuis qu'il a atteint sa septième année, on n'accorde plus que quatre francs et trois francs par mois de pension [1] ?

> . . . . *Quis talia fando*
> *Temperet à lacrymis?* . . . . . .
>
> VIRG.

Quelle est l'ame assez insensible pour ne pas s'affliger de semblables détails où je n'ai rien omis, et où cependant on ne remarque ni berceau pour coucher les nourrissons, ni oreiller pour reposer leur tête, ni couverture pour les garantir du froid, ni bois pour les réchauffer dans leurs maladies, ni enfin aucune indemnité aux nourrices, soit pour les

[1] « Autrefois, dit M. de Châteauneuf, on faisait revenir à » l'âge de six ans, dans l'hospice de Paris, les enfans qu'on avait » envoyés à la campagne pour les nourrir. On s'occupait alors » de leur éducation. A dix ou onze ans, on les mettait en apprentissage ; lorsqu'ils avaient atteint leur seizième année, ils recevaient, pour dernier secours, une somme qui les aidait à commencer l'exercice de l'état qu'ils avaient choisi. La révolution » a mis fin à ce régime. »

Il paraît par un autre endroit de cet ouvrage, que, depuis la restauration, on a repris l'usage de leur faire apprendre un métier, ressource indispensable pour leur existence et dont ils manquent dans l'arrondissement de l'hospice de Troyes, parce que le gouvernement ne fait point de fonds pour cela.

frais de ces maladies, soit pour celles que quelques-unes d'elles contractent en soignant ces malheureux qui, étant presque toujours le fruit du libertinage, apportent en naissant le germe des vices de leurs pères et mères ; vices souvent contagieux : soit pour la perte de leur temps et le remboursement de la dépense qu'elles sont forcées de faire en voyage pour les venir chercher dans toutes les saisons, quelqu'en soit l'intempérie, ou pour les ramener, ou pour rapporter, avec les débris de leurs hardes, l'acte constatant qu'ils ont terminé leur longue agonie !

Quel cœur ne serait pas déchiré, en les voyant livrés à la merci de la misère, sans secours contre les maux dont l'enfance est assiégée, sans adoucissement pour les privations auxquelles elle est assujétie, et surtout en réfléchissant à ce que j'ai précédemment observé, *que la misère spécule sur le malheur de l'innocence ;* et que, trompée dans ses calculs, elle ne peut profiter des prétendus avantages qu'elle en attend, qu'aux dépens de l'existence de l'être malheureux qui lui est confié, ou de la sienne !

Dans le nombre des privations de toute

espèce qu'éprouvent les nourrissons, puis-je passer sous silence la plus importante, celle de l'aliment destiné par la nature, à leur premier soutien, le lait que le sein maternel leur a refusé, et auquel on ne supplée, pour la majeure partie, et à leur détriment encore, que par le lait des animaux, ou par une nourriture pour ainsi dire artificielle ? C'est encore à l'insuffisance du traitement accordé aux nourrices, qu'il faut attribuer le petit nombre de celles qui se présentent pour nourrir au sein. Eh! comment espérer qu'une mère privera son propre enfant de sa substance, pour allaiter un enfant étranger, sans un intérêt assez puissant pour l'y déterminer [1] ?

Il faut un juste équilibre entre la peine et le salaire. Des soins tels que ceux qu'exige

[1] M. de Châteauneuf met au nombre des principales causes de l'effrayante mortalité des enfans-abandonnés, l'extrême difficulté d'élever leur premier âge, loin des soins d'une mère : « Eh! » comment, observe-t-il, pouvoir en effet leur donner ces soins » si précieux, si tendres, qui peuvent tout remplacer et que rien » ne remplace ? » A plus forte raison, cette mortalité doit elle être plus considérable, lorsqu'ils n'ont pas de véritables nourrices dont les soins suppléent, autant que possible, les soins maternels; et qui, en les réchauffant contre leur sein, et en les alimentant de leur lait, leur communiquent naturellement ainsi la chaleur et la vie.

l'enfance, sont pénibles; il faut qu'ils soient récompensés. S'ils ne sont pas suffisamment rétribués, l'avidité prendra la place de la tendresse ; la convoitise recueillera le fruit du travail, sans rien faire ; et l'on perdra tout, pour avoir voulu trop épargner. Triste économie, que celle qui résulte d'un pareil état de choses!

Que le gouvernement, pour le faire cesser, accorde aux nourrices un salaire équitable, une somme proportionnée aux nécessités des nourrissons : on ne doute pas qu'alors, au lieu de femmes dénuées pour la plupart de tous moyens, il ne se présentât, en plus grand nombre, des personnes aisées, telles qu'on en rencontre dans la condition mitoyenne. La concurrence de ces personnes avec d'autres ayant moins de facultés, laisserait plus de latitude dans le choix des nourrices. Celles qui seraient adoptées après un mûr examen, attirées d'abord par l'appât légitime d'une meilleure rétribution, s'attachant ensuite à leurs nourrissons par l'effet des avantages réels que leur procurerait leur éducation, les traiteraient avec plus d'attention et d'humanité, leur accorderaient des soins plus tendres, prendraient un intérêt plus vif à leur position malheureuse ; et, les affectionnant de plus en plus, elles finiraient toutes, ou du moins le plus grand nombre, comme le font quelques-unes en qui la sensibilité l'emporte sur la convoitise, par les regarder comme leurs propres enfans, et par devenir leurs mères adoptives. L'amélioration du sort des nourrices influerait donc indubitablement sur celui des nourrissons ; et l'accroissement de la population, objet si important à la société et à l'Etat, après les immenses dévastations qu'elle a éprouvées, serait le produit précieux de cette pépinière de rejetons inconnus, conservée, pour le service de l'une et de l'autre, par les mêmes soins que l'on prend des rejetons légitimes.

J'estime donc qu'il est nécessaire de proposer dans le budget une augmentation de fonds pour la nourriture et l'entretien des enfans-abandonnés de l'hospice ; comme aussi pour subvenir aux dépenses imprévues et nécessaires à leur bien-être et à celui de leurs nourrices.

Mais, objectera-t-on peut-être, la dépense que le trésor public supporte est déjà si considérable, et les enfans déposés chaque année deviennent si nombreux [1], qu'il est à craindre que le gouvernement n'acquiesce pas à cette demande. Je ne pense pas que l'on doive s'arrêter à une pareille considération, pour trois raisons principales.

Premièrement, parce que le principe du gouvernement royal, comme celui qui fonde les familles dont le faisceau forme l'Etat, est essentiellement conservateur. Or, qui veut

[1] Le même ouvrage que je me plais à citer, présente le nombre des enfans-trouvés existans dans les principaux Etats de l'Europe, comme s'élevant de 230 à 250 mille, sur lequel nombre la France est pour 138,500. « Triste et malheureuse génération d'êtres innocens et faibles, que la nature seule avoue, que la société repousse, » et que la mort moissonne par milliers bien long-temps avant » l'âge. »

Le rapport du nombre des enfans-trouvés déposés chaque année à Paris, avec celui des enfans qui y naissent, a été, depuis 1810, de 20 à 22 par cent; mais tous ces enfans-trouvés n'appartiennent pas à Paris; il en faut défalquer environ un huitième pour ceux apportés des provinces : ce qui réduit la proportion à dix-neuf sur cent; tandis que, dans le reste du royaume, on ne trouverait qu'un enfant-abandonné sur vingt-huit, ou que la proportion serait de trois et demi environ sur cent.

« L'accroissement du nombre des enfans naturels atteste sans » doute, dit le même écrivain, les progrès de l'immoralité depuis » trente ans; mais la misère n'a-t-elle pas les siens aussi? et les » impôts, les droits, les charges de toute espèce, les révolutions, » les guerres, les disettes, les épidémies, ne sont-elles pas des » causes aussi constantes, aussi actives de l'abandon des enfans, » que la dissolution des mœurs? »

la fin, veut aussi les moyens. Qu'importe le nombre auquel s'élèvent les enfans-abandonnés ; dès qu'ils sont tous admis sans distinction, on doit veiller à la conservation de tous. Leur augmentation en nombre progressif, n'est pas un motif de restreindre la sollicitude que l'humanité commande à leur égard, en restreignant la dépense qui les concerne. C'est-à-dire que cette dépense ne doit pas être relative à leur plus ou moins grand nombre, mais à leurs nécessités plus ou moins pressantes. Si les besoins augmentent, il faut conséquemment augmenter le fonds établi pour y subvenir.

Comment supposer que la haute sagesse du gouvernement n'embrasse pas les conseils d'une sage et active prévoyance? Que, reconnaissant en principe que l'existence individuelle de ces enfans dépend essentiellement de l'attention apportée à leur conservation, il ne reconnaisse pas aussi que les soins à leur donner ne pouvant être gratuits, il est indispensable, pour qu'ils soient administrés convenablement, surtout par la classe de la société dans laquelle se trouvent les nourrices, que ces femmes mercenaires, presque toutes nécessiteuses, et chargées d'enfans qu'elles ont déjà beaucoup de peine à élever à la sueur de leur front, soient, comme je l'ai observé, payées raisonnablement, et suffisamment dédommagées de la perte de leur temps, de leurs soins, et de leurs avances?

2°. Parce que la conservation de l'espèce humaine est trop précieuse à tout gouvernement, pour être mise en comparaison avec plus ou moins d'argent. Or, à cet égard, il est facile de prouver arithmétiquement que l'intérêt de l'Etat bien entendu, est qu'il soit accordé un fonds supplémentaire.

C'est le produit ou le résultat d'un compte qui fait connaître si la balance en est ou non favorable. C'est aussi par le produit ou le résultat de la population, que l'on reconnaît si la dépense faite pour la conservation des individus a été ou non avantageuse. Comparons ici le produit avec la dépense.

Pour écarter d'abord toute idée d'exagération, j'observerai que je n'ai pas des données assez certaines, pour établir d'une manière positive, la différence qui existe entre les résultats de la mortalité ordinaire des enfans au berceau, pris généralement, et ceux de la mortalité extraordinaire des enfans dont il s'agit, considérés en particulier : mon calcul ne peut donc être que purement hypothétique.

Je suppose que le nombre des enfans déposés soit de 400 par an [1], et la dépense de 30,000 francs. Si tous vivaient, la dépense annuelle pour chaque individu, ne serait que de 75 francs. S'ils ne mouraient que dans la proportion ordinaire, qui, dans le premier âge, est du quart ou environ, la dépense

1 Dans la réalité, le nombre des enfans reçus à l'hospice de Troyes, ne s'élève pas à plus de 200 à 250 par an. J'ai adopté le nombre de 400 pour la commodité du calcul, comme nombre rond et divisible. Au reste, bien que mon calcul par rapport à la mortalité soit hypothétique, il ne s'éloigne pas de ceux de M. Benoiston de Châteauneuf, qui sont effectifs. « Il résulte, dit-il, du » tableau de la mortalité ordinaire des enfans, qu'à Paris sur 100 » il en périt environ 21 pendant la 1re année de leur âge, 46 pen- » dant les 5 premières années, 52 à 53 jusqu'à la 10e.

» Elle paraît moindre dans certains pays; mais il en est aussi » où plus du tiers des nouveaux-nés a déjà succombé dès la 1re » année ; et dans beaucoup, la moitié n'atteint pas 10 ans.

» A Paris, sur 100 enfans nourris par leurs mères, il en meurt » 18 la première année ; et sur le même nombre mis en nourrice, » il en périt 29.

» En 1789, dans la même ville, sur 100 enfans naturels déposés » à l'hospice, il en est mort 80.

» Au bout de 20 ans, sur 19,420 enfans reçus dans la maison de » Dublin, il n'en restait plus que 2,000 vivans, et 7,000 seulement » à Moscou sur 37,600.

» A Madrid, il mourait en 1817, soit à l'hospice, soit à la cam- » pagne, 67 enfans sur 100; à Vienne, en 1811, 92; à Bruxelles, » de 1812 à 1817, 79.

totale répartie sur les trois autres quarts, serait de 100 francs aussi pour chaque individu conservé. Mais combien n'en périt-il pas, dans le cours de l'année, par une infinité de causes additionnelles à celles qui occasionnent naturellement la mort des autres enfans, et particulièrement, comme je l'ai remarqué, par le défaut de soins des nourrices, ou par le manque d'une subsistance abondante, ou d'alimens appropriés à leurs besoins! C'est beaucoup si, sur vingt individus, il en reste cinq, dont la vie soit parfaitement assurée par une constitution saine et robuste. Au lieu d'un quart, qui constitue la mortalité

» La guerre, les épidémies et la peste (observe l'écrivain que je » cite) exercent de moins cruels ravages...... Est-on curieux » de connaître quel est en France, dans cette patrie des lu- » mières et des sciences, le sort de malheureux enfans, qui n'ont » d'autre appui que la pitié publique, d'autre avenir qu'une éter- » nelle réprobation? Eh bien! en France, au moment où nous » écrivons, près des 3/5, ou 60 sur cent de ces infortunés périssent » dans la première année de leur âge. Sur 20,205 enfans reçus à » l'hospice de Paris, en 1818, 19, 20 et 21, il en mourut 5,488; » et sur 14,227 envoyés en nourrice pendant les mêmes années, » 10,165 succombèrent dans le cours de la 1re année. Le terme » moyen des envois annuels à la campagne est de 3,590, et celui » de la mortalité de 2,540 : ce serait 71 sur cent; mais ce nombre, » embrassant tous les décès d'une année de 0 à 12 ans, doit être » diminué. » Ma supposition de 75 pour cent, ou les 3/4, portant sur le même intervalle de temps, ne s'éloigne pas, comme l'on voit, des calculs de M. de Châteauneuf.

commune, la mortalité des enfans-abandonnés, plus ou moins accidentelle, peut donc être évaluée aux trois-quarts. Leur dépense individuelle, par chaque année, à ce compte, serait de 300 francs : somme bien supérieure à la dépense que ferait un père de famille, qui, ayant de nombreux enfans, n'en perdrait que dans la proportion ordinaire, en prenant les soins nécessaires à leur conservation.

Je suppose d'un autre côté le fonds destiné à subvenir aux nécessités des enfans-abandonnés, augmenté de moitié, et porté à 45,000 francs. Je suppose, en même temps, que, par suite de l'augmentation du traitement accordé aux nourrices, dans une proportion relative, les causes de mortalité extraordinaires cessassent ; qu'au lieu d'une perte annuelle des trois-quarts de leur nombre, cette perte se réduisît au nombre ordinaire ; la dépense individuelle, malgré cette augmentation, ou plutôt par l'effet de cette augmentation de traitement nécessaire, serait considérablement diminuée, puisqu'elle ne serait plus que de 150 francs.

Il en coûterait réellement moitié moins qu'il en coûte aujourd'hui pour obtenir le même nombre d'hommes capables d'être un jour utiles à la société : ou, en d'autres termes, avec la même somme, on doublerait le nombre de ceux qui échappent à la mort, et qu'on parvient à élever.

Ainsi, avec moitié en sus du premier fonds, on aurait un produit triple dans la balance du compte. Ce produit, à la vérité, ne serait pas en argent, mais en individus : mais pour un gouvernement éclairé, qui apprécie plus les individus que l'argent, ou, pour parler avec plus d'exactitude, qui fait consister le bon emploi de l'argent dans la conservation du plus grand nombre possible d'individus, il est incontestable que ce gain est infiniment préférable.

Au surplus, quand la différence supposée entre la mortalité commune et la mortalité extraordinaire serait moindre en réalité ; quand, au lieu d'être dans le rapport d'un à trois ou du triple, elle ne serait que d'un à deux ou du double seulement, la conquête de la quantité d'individus excédant le produit actuel serait encore très-précieuse, et compenserait bien le sacrifice fait pour l'obtenir.

3°. Enfin, parce que c'est le gouvernement lui-même qui a confié le sort des enfans-abandonnés à la sollicitude des conseils de charité, comme à celle des commissions administratives, avec lesquelles ils ne font qu'un sous ce rapport; et qu'en leur imposant l'obligation de veiller simultanément aux besoins de ces orphelins, il leur a conséquemment donné le droit de rechercher et approfondir les causes qui leur sont nuisibles, et de lui proposer les moyens de les faire cesser. Tel est le but évident de leur noble institution : elle a pour fin le bien-être et le plus grand avantage de ces infortunés. Le sentiment de leur innocence, joint à la vue de leur malheur et au cri de leurs besoins, ne sollicite-t-il pas la pitié généreuse? Le Roi, père de ses sujets, sera-t-il insensible aux vœux portés aux pieds de son trône, pour le salut d'individus qui sont ses enfans comme ceux des autres citoyens, et auxquels la privation d'une famille donne des droits particuliers à son affection? Sa bonté ne les recommande-t-elle pas à son cœur? Et balancera-t-il à faire en leur faveur les sacrifices, dont la nécessité lui sera démontrée? Ah! gardons-nous d'en douter : ce doute serait un blasphème.

L'histoire fait mention d'un peuple qui, quoique civilisé, laisse, par une politique aussi mal-entendue qu'inhumaine, périr les enfans-abandonnés, en ne les recueillant pas, comme on laisse quelquefois les productions de la terre se perdre dans les années trop abondantes.

Eh! y aurait-il moins de cruauté à laisser périr par insouciance, ceux que l'on a recueillis par un sentiment d'humanité? ou plutôt, où serait l'humanité avec une pareille insouciance?.....

La voix du pontife qui préside le conseil de charité s'est écriée : Comment s'est-il fait qu'on tolérât les abus qui existaient avant l'établissement fondé pour les enfans-trouvés[1]? J'ose répondre à ses plaintes éloquentes: c'est que dans ce siècle, comme dans le nôtre, comme dans tous les siècles, les hommes en place se sont plus occupés de ce qui peut satisfaire leur ambition, que du bonheur de leurs semblables. Sans la charité de Saint Vincent de Paul, et des âmes pieuses qui l'ont secondé, on ne regarderait peut-être encore le soin de recueillir les enfans-abandonnés que comme une affaire de simple police, pour prévenir des crimes plutôt que

[1] Panégyrique de St. Vincent de Paul, page 42 et suivantes.

pour donner un asile à ces enfans et assurer leur conservation.

Qu'importe d'ailleurs qu'ils soient recueillis, si pour ces êtres malheureux le résultat est presque le même que s'ils ne l'étaient pas? Qu'importe qu'il y ait des hospices ouverts pour les recevoir, s'ils n'ont pas de nourrices pour les allaiter ; — si les alimens destinés à suppléer la nourriture que la nature elle-même avait préparée dans le sein qui les a portés, ou ne leur sont pas fournis en suffisante quantité, ou ne conviennent pas à la faiblesse de leur tempérament; — si leurs nourrices, trop indigentes pour pouvoir perdre à les soigner le temps nécessaire pour se procurer leur propre subsistance, *parce qu'elles ne sont pas assez rétribuées,* les laissent languir ou s'épuiser en cris douloureux dans la crêche, où, à défaut de berceau, elles les déposent pendant qu'elles vacquent à leurs travaux journaliers; — enfin, si *ces pauvres enfans, partagés dans les campagnes et* (on peut le dire avec vérité) *nourris à peu de frais,* périssent par milliers, dépourvus de tout ce qui serait capable de *favoriser leur insensible accroissement* et de *procurer à leurs corps délicats une douce température?*

Que le conseil de charité se montre donc compatissant pour ces victimes de la destinée, ou, pour parler d'une manière plus analogue à son institution bienfaisante, pour ces enfans de la Providence! Que l'intérêt qu'il leur porte ne se borne pas à une pitié stérile! qu'il se hâte, de concert avec la commission administrative, de venir à leur secours et de prévenir leur ruine!

DERNIÈRE ET IMPORTANTE OBSERVATION.

Depuis la confection de ce mémoire, que j'ai eu l'honneur d'adresser à Mgr l'évêque, à M. le maire, et à MM. les administrateurs de l'hospice civil de Troyes, il a paru dans le courant du mois de mai de cette année (ainsi que j'en ai fait la remarque, page 50) des Considérations sur le même sujet, par M. Benoiston de Châteauneuf. Cet écrit, très-intéressant, dont j'ai cité plusieurs passages dans mes notes, traite en général des établissemens des enfans-trouvés, tant en France que dans les différens Etats de l'Europe. Il contient des recherches aussi étendues que curieuses et savantes, principalement sur les causes de la mortalité extraordinaire de ces orphelins, comparée à celle des enfans de famille de même âge. L'auteur assigne à cette mortalité, qu'il qualifie lui-même d'*effrayante*, des causes qui exercent plus ou moins d'influence, en raison soit des localités, soit des traitemens adoptés en leur faveur : causes qui se rattachent plus ou moins, suivant les circonstances, à la principale que j'ai remarquée, que je crois avoir déterminée et prouvée, et à laquelle M. de Châteauneuf, entraîné par des considérations générales, ne paraît pas avoir donné assez d'attention, L'INSUFFISANCE DU SALAIRE ACCORDÉ AUX NOURRICES. Qu'on y réfléchisse bien : tout vient de là. En vain surveille-t-on ces mercenaires ; on n'exige point l'impossible : on ne trouvera pas de nourrices capables, si celles qui pourraient en remplir convenablement les fonctions n'ont pas d'intérêt à se présenter. Voulez-vous en obtenir ? commencez par les bien rétribuer. C'est alors seulement qu'on établira avec succès des surveillans qui, comme l'observe M. de Châteauneuf, pourront être choisis parmi les médecins, les curés, les maires, les sous-préfets, les autorités et les gens de bien indistinctement : « En sorte que la religion, la vertu, la » science, et le pouvoir seront donnés pour parrains » à l'enfant abandonné » ; et c'est alors seulement encore, que, suivant la remarque du même écrivain, « La vie ne sera plus pour ces infortunés, comme » elle l'a été jusqu'à présent, SANS VIEILLESSE, SANS » AGE MUR, ET SANS ADOLESCENCE ! ! !

Avant de terminer, j'insisterai de nouveau sur une des plus importantes observations que j'aie faites : c'est que non-seulement les nourrices ne sont pas payées raisonnablement, mais encore qu'elles ne le sont pas avec exactitude. Combien de voyages inutiles ne sont-elles pas souvent obligées de faire pour toucher leur modique salaire ! Tantôt le bureau n'est pas encore ouvert, et tantôt il est déjà fermé, quand elles arrivent, faute d'avoir été prévenues, ou d'avoir pu se mettre en route à propos. On donne pour motif du retard qu'elles éprouvent, *que les fonds ne sont pas disponibles.* Si ce retard provient en effet du mode de comptabilité, il faut aviser aux moyens de le changer. La justice, comme l'humanité, s'oppose à ce qu'on fasse attendre ces pauvres femmes, déjà assez malheureuses de n'être pas rétribuées comme il faut de leurs soins et de leurs peines.

Au reste, l'ouvrage de M. de Châteauneuf, en indiquant ce qui se fait dans la capitale, indique ce qui peut se faire aussi dans les départemens. Il est digne de la méditation des hommes d'état, des administrateurs, et de tous ceux qui mettent en pratique cette belle maxime de Térence :

Homo sum : humani nihil à me alienum puto.

« Je suis homme : rien de ce qui importe à l'humanité » ne m'est indifférent. »

RÉFLEXIONS

SUR LA

RÉIMPRESSION DE CERTAINS LIVRES :

Examen des RUINES, *par Volney, et de la traduction de* LUCRÈCE *en vers français, par M. de Pongerville.*

UNE cause majeure, en me privant pendant plusieurs années de tout commerce avec les Muses, m'avait rendu absolument étranger à la littérature. Quand cette cause a diminué et m'a permis d'y jeter un coup-d'œil, je me suis trouvé comme Epiménide à son réveil : tout m'a paru nouveau ; mais avec quel étonnement mêlé de peine j'ai vu ce beau domaine envahi par la corruption et infecté d'ouvrages d'une morale pernicieuse à la société, répandus avec la profusion la plus scandaleuse !

Je ne parle pas de la réimpression des livres d'anciens philosophes, tels que *Pline le naturaliste* et *Lucrèce,* qui, s'ils ont eu le malheur de méconnaître l'auteur de la nature, en célèbrent du moins les merveilles ravissantes dans leurs ouvrages [1]. Je ne parle pas non plus de la réimpression des livres des philosophes modernes, dans lesquels l'antidote est à côté du poison, c'est-à-dire où se mêlent à de dangereuses erreurs d'utiles vérités qui les combattent ou les balancent [2]; je parle uniquement (sans toutefois approuver ces réimpressions trop multipliées) de celle des livres où l'athéisme est proclamé et enseigné hautement et ouvertement, tels que le *Système de la Nature*, l'*Origine des Cultes*

[1] M. Gueroult a traduit avec succès des morceaux choisis du premier; et M. de Pongerville vient de faire paraître une traduction en vers français du second, qui efface par son éclat toutes celles qui l'ont précédée. Je parlerai de cette traduction ci-après.

[2] Comme les Œuvres de J. J. Rousseau et de Voltaire. Toute prévention et tout enthousiasme à part, s'il y a des erreurs graves dans les Œuvres de J. J., il y a aussi de grandes vérités enseignées avec une chaleur entraînante; par exemple, la première partie du vicaire savoyard réfute la doctrine du matérialisme avec une force de raisonnement et une vivacité de sentiment irrésistibles. Il me semble que, quand on a obtenu de l'incrédulité cette première concession, qu'il y a un Dieu que tout annonce, c'est-à-dire, une intelligence, une puissance et une sagesse infinie, les conséquences de ce principe suivent sans difficulté. Sous ce rapport, on est plus redevable à Rousseau qu'on ne le croit, pour avoir du moins voulu (comme il le disait) *sauver le tronc de l'arbre, aux dépens des branches*. L'homme qui croit sincèrement en Dieu, et qui sait raisonner, est bientôt chrétien. Quant à Voltaire, quelques reproches que l'on soit fondé à faire à sa mémoire,

et son *abrégé*, les *Ruines*, et autres, dont les éditions se sont multipliées à un point inoui et incroyable.

On dira peut-être, comme cela est vrai, que ces réimpressions ne sont que des spéculations de librairie ; et que, prétendre conclure de leur réussite, la perversion de l'esprit général de la nation, ce serait pousser trop loin les conséquences d'un fait auquel d'autres causes que la décadence des mœurs ont pu contribuer. J'en conviendrai d'autant plus volontiers, que des ouvrages d'un autre genre et d'un esprit tout-à-fait opposé, tels que le Génie du Christianisme, par M. de Châteaubriand, le Génie de l'homme, par M. de Chênedollé, les Méditations poétiques de M. de

ses éditeurs ne sont-ils pas plus répréhensibles d'avoir ramassé sous son nom de tous côtés des pamphlets et même des ouvrages, qui peut-être ne sont pas de lui, qu'il n'a jamais reconnus, dont il a même désavoué hautement quelques-uns, et que certainement il n'eût jamais permis qu'on insérât dans ses Œuvres? Ce sont des suppositions qu'on ne devrait pas moins défendre que celles d'enfans, que l'on se permettrait de faire dans les familles. N'est-il pas de l'honneur national que le plus grand poète de la France, le chantre du meilleur de ses rois, et l'historien du règne du plus illustre, ne soit pas déshonoré à perpétuité par des infamies, dont il n'est pas certain qu'il soit l'auteur, et qui, quand cela serait démontré, quand il ne resterait aucun doute raisonnable à ce sujet, n'en devraient pas moins être ensevelies pour jamais dans les ténèbres?

la Martine, etc., ont obtenu le même nombre d'éditions dans un espace de temps aussi peu considérable. Mais, je répéterai ici l'observation faite tant de fois, que malheureusement un seul mauvais livre cause plus de mal que cent bons n'opèrent de bien. Les mauvaises doctrines se propagent en un clin d'œil, semblables aux plantes vénéneuses qui croissent au centuple parmi les plantes nourricières, et finiraient par les étouffer entièrement, si l'on n'en extirpait promptement et avec soin les racines malfaisantes.

Je me permettrai donc de demander : Comment a-t-on souffert que ces livres, pernicieux à tout âge, fussent exposés publiquement aux regards avides d'une jeunesse imprudente, qui court s'abreuver, à longs traits, dans la source empoisonnée de cette doctrine corruptrice et subversive de toute morale, comme de toute vertu et de tout bon sentiment? Et comment se fait-il qu'on n'ait encore sévi jusqu'à présent que contre un petit nombre de ces livres impies, qu'on ne peut tolérer sans un danger imminent pour toute nation, pour tout individu, et pour tout gouvernement? Car le corps social pris en masse, chacun de ses membres en particulier, et les chefs qui le régissent, sont également intéressés à respirer l'air pur des saines doctrines qui entretient la santé morale d'un Etat, comme l'air contagieux et méphytique qui y circulerait, en corromprait la santé physique, en y répandant la peste et les autres fléaux.

Ce n'est pas la faute des écrivains conservateurs du feu sacré, lesquels font leurs efforts pour préserver la jeunesse des abîmes où elle va se précipiter, et avec elle les générations à venir. Les discours des plus habiles orateurs et les écrits des meilleurs moralistes, parmi lesquels l'on compte et l'on admire en première ligne MM. de Châteaubriand, de Bonald, de Frayssinous, de Boulogne, de la Mennais, etc., ne cessent, en général, d'avertir les jeunes gens des piéges tendus à leur inexpérience : et il existe, en particulier, un ouvrage (le Traité du choix des livres, par M. Peignot) où respirent le goût et l'esprit de Rollin, et destiné à servir de flambeau et de guide à ceux qui aiment l'étude et l'instruction, pour discerner leurs amis véritables de ceux qui n'en ont que le masque, et dont ils doivent se défier dans la foule d'écrivains opposés de doctrine et de principes, comme d'opinions et de sentimens. « Les productions impies, dit cet écrivain, » couvrent notre ame de nuages, par les » doutes que de prétendus esprits forts tra- » vaillent à y multiplier, sur les plus impor- » tantes vérités..... Ce monstrueux système, » que *l'homme n'a rien au-dessus de la bête,* » entraîne nécessairement au crime, dit un » autre écrivain. La pensée du néant n'ef- » fraie plus les scélérats. Il est donc très- » important, pour le bonheur de la société, » que les méchans ne regardent pas leurs » ames comme celles des animaux, et la » mort comme un anéantissement. Il faut » qu'ils joignent la crainte d'une autre vie » aux craintes temporelles qui les agitent, » et souvent les retiennent. Affaiblir cette » crainte, c'est détruire les fortifications » d'une place qu'on habite, c'est appeler par » cette destruction les brigands qui voudront » s'en emparer. » Si, malgré ces importantes et incontestables vérités, on souffre la propagation des principes corrupteurs, tous les préservatifs que leur opposent les plus habiles écrivains, seront des digues insuffisantes contre le torrent qui menace de tout entraîner. Que peuvent en effet la sagesse et l'éloquence contre les amorces de la volupté et les sophismes du vice, poison d'autant plus subtil et pénétrant, qu'il est apprêté par des mains perfides accoutumées à caresser les passions de la multitude? Tous les foudres lancés du haut des chaires chrétiennes, tous les préceptes renfermés dans les livres de religion et de morale, sont impuissans sur des cœurs déjà corrompus, et sur des ames dont la sensibilité est émoussée. Que reste-t-il donc à faire, si ce n'est que l'autorité se hâte de couper les racines du mal, en défendant la vente des mauvais livres, comme elle défend celle des poisons? C'est à la littérature à signaler à l'autorité ceux qu'elle doit proscrire, comme c'est à l'autorité à en purger la littérature.

Malgré les condamnations portées contre le *Système de la Nature* et l'*Origine des Cultes*, on voit toujours étalé sur les rayons des boutiques de libraires, les *Ruines*, par Volney, abrégé des principes renfermés dans ces deux monstrueuses productions, déjà parvenu à sa douzième édition, et d'autant plus dangereux qu'il est dégagé de l'érudition qui les surcharge; qu'il est écrit d'un style clair et à la portée de tout le monde; et que les formes en sont aussi séduisantes qu'ingénieuses [1].

L'auteur vise aux grands effets de l'éloquence ; et il atteint ce but, si l'éloquence consiste à exposer avec art et chaleur ce que l'on a dessein de décrire. Il suppose un jeune homme avide de savoir, voyageant dans une contrée célèbre par ses monumens, dont les

[1] J'ajouterai que cet ouvrage, tiré séparément de la collection des Œuvres de l'auteur, n'étant pas volumineux, est d'un prix qui en rend l'acquisition d'autant plus facile aux jeunes gens : les moins aisés peuvent même s'en procurer la lecture, pour une modique rétribution, dans les cabinets littéraires qui en sont abondamment fournis. C'est ainsi qu'on a pris à tâche de multiplier les éditions d'un choix fait dans ce qu'il y a de plus répréhensible des Œuvres de Voltaire, tels que le Dictionnaire philosophique et les autres productions de ce genre qu'on lui attribue. Ces productions dangereuses, enfouies auparavant dans la collection complète, ne tentaient pas aussi facilement la curiosité de la jeunesse ; et les pères de famille pouvaient du moins les soustraire, jusqu'à un certain point, aux regards de leurs enfans. L'avidité de certains libraires a mis en défaut leur vigilance ; et il n'est plus au pouvoir d'un père ou d'un instituteur de s'assurer que son fils ou son élève, nourris chez eux dans de bons principes, ne sucent pas, hors de leur présence, le lait empoisonné des doctrines les plus corrompues. Triste fruit de la liberté illimitée de la presse ! ou plutôt d'une licence effrénée, qui doit être contenue dans des bornes pour faire respecter la liberté même. Car la liberté ne consiste point à braver les lois, à enfreindre toutes les règles, à confondre toutes les notions du bien et du mal, à violer les mœurs publiques et privées, l'honneur et toutes les bienséances, enfin à ébranler et à détruire les fondemens de la société civile et politique.

ruines attestent une grande antiquité, un haut degré de civilisation, et la plus triste décadence. Ce jeune homme recherche les causes de ce dernier état de choses, avec une inquiétude, un désir, une curiosité, qui, étant les passions du jeune âge, sont très-capables de faire impression sur la jeunesse susceptible des mêmes passions. Il lui apparaît un génie qui répond à ses questions et éclaircit ses doutes, au flambeau de l'histoire, en lui montrant d'abord les nations heureuses et florissantes, quand elles suivent les lois de la nature, malheureuses et penchant vers leurs ruines, quand elles s'en écartent; puis, par une conséquence nécessaire, chaque individu subissant la même destinée, selon qu'il s'approche ou s'éloigne de ces mêmes lois.

Si l'auteur entend par là l'accomplissement des desseins de la Providence ou des événemens ordonnés par elle, il n'y a rien que de moral dans cette première partie de son ouvrage. Mais en est-il de même de ce qui suit? Le génie disparaît : une révolution nouvelle va s'opérer chez un peuple pour sa régénération (et c'est évidemment de la révolution française que l'auteur entend parler) : une scène imposante d'abord, mais qui dégénère ensuite en confusion, s'ouvre sous les yeux du jeune voyageur étonné. Il voit en songe toutes les nations qui ont subsisté dans l'univers, réunies en assemblée générale, puis bientôt aux prises les unes avec les autres relativement aux religions par elles embrassées. Chacune dispute de l'excellence de son culte, et attaque les autres cultes. Le christianisme n'est pas celui qui est le moins maltraité : non-seulement ses dogmes y sont tournés en ridicule, mais ce que sa morale renferme de plus sublime, de plus digne d'admiration, comme, par exemple, le pardon des offenses, y est défiguré ou avili de la manière la plus indécente. Au moyen de l'introduction d'un discoureur qu'il appelle l'*orateur des hommes qui avaient recherché l'origine et la filiation des idées religieuses*, l'auteur se complaît surtout à retracer, dans le plus grand détail, les croyances des peuples les plus irréligieux, et à décrire, non-seulement le polythéisme, mais encore toutes les doctrines répandues dans l'univers sur la *nature*, en tant que cet assemblage de toutes choses était considéré comme Dieu : et c'est ici que se remarque particulièrement la conformité des principes des *Ruines* avec le *Système de la Nature* et avec l'*Abrégé de l'Origine des Cultes;* principes tellement identiques que les auteurs de ces productions semblent s'être communiqués leurs pensées, quoiqu'ils n'aient été d'ailleurs que les échos des livres anciens et modernes qui ont enseigné l'athéisme. Rien n'est oublié des motifs sur lesquels les peuples qui ont méconnu la Divinité, se fondaient pour en nier l'existence, ou pour mettre la nature à la place de son auteur.

Ces controverses qui occupent plus de la moitié du livre dont elles sont l'objet principal, présentées tantôt dans la forme dramatique, tantôt avec les prestiges de l'art oratoire, ou avec l'artifice de la dialectique la plus subtile, se passent en présence d'un homme donné pour législateur, écoutant chaque peuple tour-à-tour, et disposé à tout recueillir, pour établir probablement ensuite, du choc des opinions, la meilleure législation possible. Cependant, soit que l'auteur n'ait pas achevé son ouvrage, soit qu'il n'ait pas suivi son dessein apparent, afin de laisser ses lecteurs résumer eux-mêmes les diverses opinions débattues avec scandale, il n'en réfute aucune, il ne prend aucune conclusion. Après avoir tout ébranlé, comme Samson secouant les colonnes du temple des Philistins, peu importe à ce philosophe imprudent que l'édifice sacré de la morale s'écroule, au risque de l'écraser lui-même, sous les ruines qu'il a voulu peindre.

Peut-être les partisans de Volney prétendront-ils pour sa défense, que son livre n'étant que l'exposé des divers systèmes religieux suivis chez tous les peuples depuis le commencement du monde jusqu'à nos jours, il n'est qu'historique; que le législateur prétendu devant lequel se fait cet exposé, n'approuvant ni ne désapprouvant aucun culte, montre un caractère impartial; qu'il a pour but évident d'inspirer la tolérance universelle, et non de semer les principes de l'impiété.

Je n'attaque point les intentions de l'auteur. Je consens que tel ait été son but, et que ce but puisse être utile à la société; mais l'a-t-il atteint, et a-t-il pu l'atteindre par ce moyen? Est-ce en présentant dans une coupe d'or à ses malades un breuvage empoisonné, qu'un médecin espérerait rétablir leur santé? Est-ce en étalant avec faste des maximes pernicieuses, que l'auteur des *Ruines* s'est flatté de parvenir à une fin avantageuse à la société, telle que serait, selon lui, l'existence et la conservation de la paix et de la concorde, en l'absence de toute religion quelconque, si l'exécution de ce projet insensé était possible ? Le matérialisme ne paraît-il pas moins à découvert dans son livre, que s'il avait eu, en le composant, les plus mauvaises intentions ? et les fruits du système qu'il contient, de ce système si directement opposé au bien de la société par ses conséquences, semblables aux fruits du mancenillier qui flattent la vue et donnent la mort, ne sont-ils pas capables de séduire les esprits ignorans ou orgueilleux, et de causer au moral les mêmes ravages que ces derniers au physique ?

Chefs de famille, citoyens et magistrats, que votre état ou vos fonctions n'ont point appelés à l'examen pénible auquel je me suis livré, en prenant, je l'avoue, les mêmes précautions que prennent les ouvriers exposés par leur profession à respirer des odeurs subtiles capables de les suffoquer ; vous qui faites gloire de professer et de suivre la foi de vos pères, permettrez-vous que, pour vous donner la preuve de ce que j'avance, ma plume transcrive, non sans effroi, les lignes suivantes, que vous ne lirez point sans horreur? Ce n'est point la longue et obscure exposition du Système de l'Athéisme par Spinosa, mais l'énoncé le plus court et le plus clair du même système développé dans les *Ruines*. Ce sont des blasphêmes contre le ciel, capables de révolter toute la terre, et dont la véritable philosophie ne s'indigne pas moins que la religion.

« L'ame n'est que le principe vital, qui résulte des » propriétés de la matière et du jeu des élémens dans » les corps où ils créent un mouvement spontané. » Supposer que ce produit du jeu des organes, né avec » eux, développé avec eux, endormi avec eux, sub- » siste quand ils ne sont plus, c'est un roman peut- » être agréable, mais réellement chimérique, de l'ima- » gination abusée. Dieu, lui-même, n'est autre chose » que le premier moteur, que la force occulte répan- » due dans les êtres, que la somme de leurs lois et de » leurs propriétés, que le principe animant; en un » mot, l'ame de l'univers, laquelle, à raison de l'in- » finie variété de ses rapports et de ses opérations, » considérée tantôt comme simple et tantôt comme » multiple, tantôt comme active et tantôt comme » passive, a toujours présenté à l'esprit humain une » énigme insoluble. Tout ce qu'il peut y comprendre » de plus clair, c'est que la matière ne périt point;

» qu'elle possède essentiellement des propriétés par
» lesquelles le monde est régi comme être vivant et
» organisé; que la connaissance de ces lois par rap-
» port à l'homme, est ce qui constitue la sagesse; que
» la vertu et le mérite résident dans leur observation,
» et le mal, le péché, le vice, dans leur ignorance et
» leur infraction; que le bonheur et le malheur en
» sont le résultat, par la même nécessité qui fait que
» les choses pesantes descendent, que les légères s'é-
» lèvent, et par une fatalité de causes et d'effets, dont
» la chaîne remonte depuis le dernier atôme jus-
» qu'aux astres les plus élevés [1]. »

A ce discours mis dans la bouche d'un chaman chinois, qu'oppose l'auteur des *Ruines?* rien, sinon qu'un cri s'étant élevé de toutes parts que *cette doctrine était un pur matérialisme*, les chamans firent aux théologiens qui avaient poussé ce cri, les questions suivantes : « Hommes pieux, qui parlez de
» Dieu avec tant de certitude et de con-
» fiance, veuillez nous dire ce qu'il est :

1 Chapitre 21 des *Ruines*, page 160, douzième édition in-18. On trouve dans le *Nouveau Mentor de la Jeunesse*, par M. Cartier-Vinchon, recueil aussi varié et curieux qu'instructif, page 376, l'indication d'un ouvrage, à la suite duquel l'auteur a placé une réfutation abrégée « des rêves creux de l'imagination noire et fantasmago-
» rique de Volney. — Les Ruines sont en effet, dit M. C.-V., un ouvrage dangereux.
» Systématiquement combinées avec celles de Dupuis, les réflexions de l'auteur des
» Ruines tendent au désordre général, au bouleversement de la société. C'est un poison
» malheureusement trop efficace de nos jours ; et la société se montrera reconnaissante
» envers l'auteur, lorsque, avec courage et grandeur d'ame, il s'élance au milieu des
» pestiférés pour leur offrir l'antidote qui doit les sauver. »

» faites-nous comprendre ce que sont ces » êtres abstraits et métaphysiques que vous » appelez *Dieu* et *ame, substance sans ma-» tière, existence sans corps, vie sans organes » ni sensations,* etc. »

N'est-il pas évident que l'auteur, qui expose tout cela sans réfutation, était identifié avec celui dont le chaman chinois est supposé l'interprète, et qu'il appelle *Boudah somona Goutama ?* Or, est-ce en insinuant aussi clairement que tout est matière, que Dieu n'est qu'une abstraction, que l'ame périt avec le corps, que l'on parviendra à faire le bonheur de la société par la tolérance universelle? Cette prétendue tolérance des religions, basée sur l'incrédulité, n'est-elle pas plutôt celle de tous les crimes secrets que les lois ne peuvent atteindre? Car si Dieu n'existe pas, ou si du moins il n'importe qu'on croie ou non à son existence et à celle de l'immortalité de l'ame qui en est le corollaire, il n'y a plus à craindre de vengeur de ces crimes commis sans témoin, et qui demeureront impunis ; comme il n'y a plus à espérer de rémunérateur des vertus, qui resteront sans récompense. Et que devient la morale avec un tel système? et jamais le toléra-t-on dans un Etat policé?

Je n'envisage le résultat de cette doctrine que sous le point de vue politique. Considérée sous le point de vue moral, de combien de sentimens ne nous prive-t-elle pas? Si Dieu est une invention humaine, si son existence est une chimère, et celle de l'ame un roman de l'imagination abusée, comme vous le dites, pourquoi me ravissez-vous une idée riante et utile, qui me plaît et me console? Quel bien revient-il à la société, quel plaisir y a-t-il de désenchanter ses semblables, en présentant l'homme comme un être purement physique, qui vient sur la terre sans motif, qui y séjourne quelques instans pour être en proie à la douleur ou la victime de l'injustice, et qui meurt tout entier (comme l'animal, dont l'organisation est pourtant si différente de la sienne, puisque l'animal n'eut jamais le don de la pensée, noble prérogative de l'homme), en se plaignant, avec raison, il faut l'avouer, dans le système de l'athéisme, de la courte durée d'une vie sans but, qu'il tiendrait du pur hasard, et qui serait limitée entre deux points imperceptibles dans le fleuve sans rivage qu'on nomme éternité?

Je vais rapporter un morceau admirable des *Harmonies de la Nature*, par Bernardin de Saint-Pierre, qui répond à ces plaintes, heureusement sans fondement dans le système de la religion, et qui du moins fera succéder de douces et touchantes émotions, aux impressions pénibles que le passage des *Ruines* rapporté ci-dessus a pu laisser dans l'ame du lecteur.

« Que l'homme ne se plaigne point de la courte » durée de sa vie : lorsque ses harmonies terrestres » seront détruites, ses harmonies célestes subsisteront » encore. L'Eternel a attaché à son corps quelques » années d'amertume et de misère ; mais il a donné » à son ame une éternité de joie et de ravissement. » Ce n'est point un être condamné seulement à ramper sur ce globe, à en déchirer le sein avec le fer » pour soutenir une frêle existence. Sa vie n'est » qu'un passage, mais elle a un but, et ce but est » sublime. Voyez-le expirant sur son lit de douleur. » Déjà il contemple un Dieu prêt à le recevoir. Cet » être si faible, si misérable, aurait-il donc une pensée » que n'aurait pas eue le Créateur de toutes les pensées ? Ce n'est point en vain qu'il a entrevu d'aussi » grandes destinées. Il quitte un monde de ténèbres » pour un monde de lumière : il quitte des infortunés, » des mourans comme lui, pour un séjour où l'on ne » meurt plus. Sa joie sera de ne voir que des heureux. » Il sera rassasié de volupté. O transport de l'homme, » lorsque, tout douloureux encore des angoisses de » la vie, il voit le ciel s'ouvrir devant lui ! ce n'est » plus un être de poussière, c'est un ange, une divi-

» nité qui s'élance au milieu des soleils! il y a un » instant qu'il était esclave et chargé de fers; main- » tenant le voici maître d'un empire et de l'éternité. » Triste et souffrant, il se traînait pas à pas vers la » mort, et il lui échappe tout brillant de lumière. » Il habitait un monde couvert de cyprès, arrosé de » larmes, où tout change, où tout meurt, où l'on » n'aime que pour souffrir, où l'on ne se rencontre » que pour se quitter, où le plaisir même conduit à la » mort. Maintenant le voici dans le séjour où tout est » éternel. Son ame s'embrase d'un amour qui ne » peut finir; et, du haut du ciel, il jette un regard » triomphant vers la terre où l'on pleure et où il n'est » plus. »

Les défenseurs des *Ruines* prétendront-ils que la *Loi naturelle,* jointe aux dernières éditions de ce livre, en est le préservatif? on la donne en effet comme le prononcé du législateur; mais c'est à tort, et contre le plan de l'auteur qui ne l'avait point destinée à être la suite de ce même livre. C'est un ouvrage à part, et qui n'y a qu'un rapport indirect. On lit dans la préface de l'éditeur, servant d'introduction, « qu'il fut publié pour la pre- » mière fois en 1793, sous le titre de *Ca-* » *téchisme du citoyen français ;* qu'il avait » d'abord été destiné à être un livre natio- » nal, etc. » Il est par demandes et par réponses, forme inusitée dans les actes de législation. Au reste, la Loi naturelle n'est point un système de religion, mais un recueil de maximes sociales qui n'ont aucune sanction. Le nom de l'être existant par lui-même, et distinct de la matière, reconnu pour Dieu du consentement universel des nations, hors quelques peuples ignorans ou corrompus; ce nom sacré n'est mentionné qu'en passant dans ce second ouvrage de Volney, et sans dessein de fonder, comme étant une émanation de la loi divine, les principes de la Loi naturelle qui y sont établis. Il y a même de ces principes qui sont faux et dangereux; car entr'autres, comme dans le Livre de l'Esprit, par Helvétius, l'intérêt y est présenté comme le fondement et le mobile de toutes les actions humaines : maxime qui, selon moi, est aussi erronée qu'immorale.

Je prendrai pour exemple, et en preuve de cette assertion, les définitions que l'auteur donne de quelques vertus domestiques. Selon lui « l'amour paternel est le soin assidu que » prennent les parens de faire contracter à » leurs enfans l'habitude de toutes les actions » utiles à eux et à la société : l'amour filial » est, de la part des enfans, la pratique des » actions utiles à eux et à leurs parens;

» enfin l'amour fraternel est une vertu, parce » que la concorde et l'union, qui résultent » de l'amour des frères, établissent la force, » la sûreté, la conservation de la famille. » La base qui porte ces diverses affections dans le système de la Loi naturelle, est-elle bien la véritable? n'est-ce pas sur le sentiment que Dieu a mis en nous, plutôt que sur l'intérêt résultant de l'accomplissement des devoirs qui s'y rapportent, qu'elles sont fondées? n'est-ce pas, parce que Dieu, en imposant aux pères l'obligation de bien élever leurs enfans, aux enfans celle de reconnaître les soins de leurs parens, et aux frères la nécessité de rester unis, leur a en même temps inspiré naturellement la tendresse, la reconnaissance, et l'amitié qui les portent à la pratique des vertus relatives à ces divers sentimens? Si l'intérêt était la base essentielle de ces vertus, comme l'auteur le fait entendre, ne peut-il pas se rencontrer des circonstances où, suivant ses principes, les pères, les enfans, les frères, ayant des intérêts opposés, seraient dispensés par la loi naturelle même de l'accomplissement des devoirs que cette loi leur prescrit? Car s'il est naturel de rapporter tout à soi, il est conséquent, dans ce système, que, dès que l'on se trouve dans une position à secouer le joug importun du devoir, et de l'affection qui le fonde, on se dépouille de tout sentiment contraire à ses intérêts : et cela arrivera toutes les fois que les lois civiles seront en opposition avec la loi naturelle.

Dans le système de la religion, l'amour paternel, l'amour filial, et l'amour fraternel, ont une base certaine et morale, ces affections ayant pour principe la source de toute affection. La religion, toujours juste et humaine, parle au cœur des pères et des enfans ; elle maintient l'harmonie dans la famille, par ses inspirations célestes ; et si, par suite des divers rapports établis entre les membres de la société civile, les lois, dans la vue de l'ordre, se montrent quelquefois rigoureuses envers quelques individus, cette même religion tempère la sévérité de ces lois à leur égard, adoucit leur sort ; et, en tout cas, promet et assure aux malheureux qui en sont froissés, des dédommagemens dans une autre vie, dont l'athéisme nie l'existence.

Ces considérations frapperont sans doute tous les bons esprits sur le danger d'un livre systématique, et fomentant une doctrine destructive de la morale et de toute espérance : livre d'ailleurs, dont les amis de l'auteur ont eu la discrétion de ne pas parler. Par exemple, M. le comte Daru, dans sa notice sur Volney, lue le 14 juin 1820, à la chambre des pairs, a glissé légèrement sur les *Ruines* et même sur la *Loi naturelle.* Il dit, à l'égard de ce dernier ouvrage, que l'auteur le publia, à la suite de son Précis de l'état actuel de la Corse, pour prouver qu'*il ne méritait pas la qualification d'hérétique,* que ce Précis lui avait attirée de la part des habitans de ce pays. Quant aux *Ruines,* il n'en dit absolument rien, sinon que Volney eut à soutenir une attaque violente de la part d'un docteur anglais, nommé Priesley, *pour quelques opinions spéculatives énoncées dans cet ouvrage.* Je n'ai trouvé dans le Tableau de la littérature française, par Chénier, que cette phrase qui s'y rapporte, et qu'on lit dans l'introduction : « Avec M. de Volney, » la raison éloquente interroge des ruines » accumulées depuis quarante siècles. » Phrase qui n'autorise pas à conclure que ces ruines aient répondu de manière à satisfaire la raison. Et si des recueils estimés et destinés à l'instruction de la jeunesse, tels que le *Muséum littéraire* de M. Lebrun des Charmettes, renferment des extraits de cet ouvrage, ce sont des morceaux choisis sous le rapport du style, mais qui ne contiennent rien de contraire à la saine doctrine, comme l'on en rencontre parfois dans les livres même les plus décriés; par exemple, dans le *Système de la nature,* lequel est terminé par une magnifique prosopopée, qui ne laisserait rien à désirer sous le rapport de la morale, en substituant, avec quelques changemens, le nom de l'ouvrier à celui de l'ouvrage, Dieu à la nature animée et personnifiée.

Je regarde donc les *Ruines* (en exceptant, si l'on veut, la *Loi naturelle* qui n'en fait point partie) comme un des livres les plus pernicieux qui subsistent encore dans le commerce de la librairie. Je veux que l'auteur ait été un bon écrivain, un homme d'état habile, un philosophe respectable par ses intentions, enfin un grand dignitaire qui méritait des égards et des ménagemens tant qu'il a vécu : ces ménagemens et ces égards, maintenant qu'il n'est plus, doivent cesser devant l'intérêt de la morale; et son livre doit être proscrit pour l'avantage de la société, comme ceux qui lui ont servi de modèle.

Platon, redoutant l'influence de la poésie pour la conservation des mœurs de sa république, en bannissait tous les poètes, sans excepter Homère, malgré la sublimité de sa morale ; seulement il le renvoyait comblé d'honneurs, à cause de son génie. Avec combien plus de motifs encore, la société, ayant à redouter l'influence des doctrines dépravées, ne doit-elle pas s'armer de sévérité contre les écrivains sans pudeur, qui répandent des maximes anti-sociales, et contraires à son existence ou à son repos, quel que soit le rang qu'ils y occupent et l'estime que mérite leur talent qui n'en est que plus à craindre ! la raison d'état s'accorde sur ce point avec la raison, la morale et la religion.

J'étais tenté de comprendre dans cet anathème contre les *Ruines*, le *Poème de la nature*, par Lucrèce ; et certes, si ce poète eût été contemporain de Platon, son génie n'aurait pas obtenu de lui plus de grâce que celui qui a créé l'Iliade et l'Odyssée. Mais, après y avoir réfléchi plus attentivement, j'ai pensé qu'il fallait, entre les diverses productions qui ont paru sur les matières philosophiques, distinguer celles des siècles antérieurs au christianisme de celles des siècles postérieurs à sa lumière. Dans le chaos des dieux du paganisme, où il était difficile de concevoir l'unité de Dieu, ses attributs, et l'essence de l'ame que la révélation nous a fait connaître, combattre la superstition, rappeler les hommes aux lois de la nature, leur inspirer le goût de la morale et l'amour de la vertu, était l'effort de la sagesse humaine : sous ce point de vue, Lucrèce, plus que tout autre poète, mérite de l'indulgence. C'est par cette considération sans doute qu'il n'a point été exclus des études classiques, dans le beau siècle de la littérature française, et qu'il a été compris dans la collection des magnifiques éditions *ad usum Delphini.* Mais l'édition qui en a été faite par ordre de Louis XIV, était celle de l'original même, et non une traduction en langue vulgaire, qui aurait pu entraîner du danger, en popularisant les idées de l'auteur, en les faisant goûter et rechercher, par le charme d'une poésie brillante, rivale de la sienne, des esprits faux et légers qui auraient été tentés d'en abuser. C'est donc une question de savoir si la tolérance doit, sous ce rapport, s'étendre de l'original à la copie, du génie qui a conçu le poème à celui qui l'a fait passer dans une autre langue par une création non moins difficile peut-être, comme Marchetti en vers italiens, et récemment M. de Pongerville en vers français. Considérant cette dernière traduction relativement au tort qu'elle peut faire à la morale, je demanderai si M. de Pongerville (il ne s'offensera point de la comparaison) ne devrait point, dans une république organisée comme celle de Platon, subir le sort réservé par ce philosophe au prince des poètes.

Ce nouveau traducteur du Poème de la nature, voulant sans doute éluder cette question délicate, a prétendu que les savans qui de tout temps ont condamné Lucrèce sous le rapport de la croyance religieuse se sont trompés. Il dit en propres termes « qu'une » prévention malheureuse a acquis à Lucrèce » le titre d'athée : » et nulle part cependant il ne prouve, parce que cela était impossible, que la doctrine de ce disciple d'Epicure, fondée sur les atômes et le vide, ne fut pas le pur matérialisme. Seulement il observe dans une note du 3e chant, dont il vante avec raison les beautés poétiques que sa traduction n'a pas dissimulées, « que l'opi-

» nion de Lucrèce (sur la non existence de » l'ame de toute éternité) est conforme à » la décision du Concile de Trente, qui nous » apprend que l'ame est créée de Dieu à » l'instant même de la formation du corps. ».

Dans une autre note du 5e chant, relative à ce vers qui a beaucoup exercé les commentateurs :

Usque adeò res humanas VIS ABDITA QUÆDAM
Obterit. . . . . .

Vers qu'il traduit ainsi :

« Il est une invisible et suprême puissance
» Qui se joue à son gré de l'humaine prudence. »

M. de Pongerville observe « que ces expres- » sions donnent une juste idée de la Pro- » vidence ; que partout Lucrèce semble la » pressentir, et n'attendre qu'un Dieu digne » de son admiration pour lui soumettre » l'empire de la nature. » Mais l'ensemble du poème contredit cette assertion, et l'on trouve la preuve du contraire dans les vers qui suivent immédiatement :

Quid mirum si se temnunt mortalia sæcla, etc.

M. de Pongerville dit encore dans la vie de Lucrèce, qui s'est donné la mort pour des raisons inconnues, « que ce poëte, mal-

» heureux sans doute par des événemens » que le voile des temps nous dérobe à ja- » mais, *crut pouvoir rejeter le fardeau de la* » *vie.* » Certainement, M. de Pongerville n'a pas plus entendu approuver le suicide par cette phrase, que je n'ai moi-même, par une semblable locution employée dans mon éloge de J.-J. Rousseau, entendu approuver le changement de religion ni la condescendance de ce philosophe aux désirs de Mme de Warens. Mais dans une matière aussi délicate, un correctif eût été nécessaire.

Enfin, M. de Pongerville reproche à La Grange, dont il a quelquefois emprunté les remarques, d'avoir donné une couleur d'athéisme à sa traduction en prose, quoiqu'elle ne soit pas moins fidèle qu'élégante. Ne pourrait-on pas lui reprocher avec plus de raison d'avoir essayé de donner à la sienne une teinte différente du coloris de l'original, d'avoir quelquefois substitué ses propres idées à celles du poète qu'il a fait passer dans notre langue d'ailleurs avec tant de charmes? N'aurait-il pas dû plutôt le réfuter dans ses notes, le combattre toutes les fois que sa doctrine est en opposition avec les principes religieux, et, pour prémunir la jeunesse contre le danger de beaux vers qui flattent les passions ou les fausses idées dont ce siècle est imbu, faire remarquer particulièrement, 1° à l'égard de l'ame, la différence qui existe entre sa véritable essence, et celle analysée par le prétendu chantre de la nature; et surtout l'intérêt que nous avons à ce que l'ame survive au corps, puisque la doctrine de l'existence de Dieu n'en aurait pas pour nous sans celle d'une vie future; 2° à l'égard du suicide, combien cet attentat d'un individu sur lui-même et qui retombe sur la société, devient fréquent dans un pays où il était peu connu, avant la propagation d'une doctrine, qui, sous prétexte de détruire la superstition, détruit l'espérance et la crainte, ces deux sentinelles que la Providence a placées aux limites de la vie, pour retenir l'homme dans le devoir, et le forcer à se rendre heureux par la pratique de la vertu.

Un Commentaire où M. de Pongerville, laissant à l'auteur du *Poème de la Nature* la réputation qu'il partage avec son maître, discuterait son système, en séparerait l'or de l'alliage qui l'altère, c'est-à-dire sa morale qui est de tous les temps d'avec ses opinions philosophiques qui étaient celles du temps où il a vécu, comparerait ces opinions avec celles embrassées depuis par les philosophes éclairés par les lumières du christianisme, enfin mettrait en parallèle avec la poésie de Lucrèce celle des poètes ses contemporains et les imitations des modernes sur les mêmes matières, tels que le poème fait tout exprès pour le combattre (l'Anti-Lucrèce, par le cardinal de Polignac, que M. de Pongerville qualifie de poète *gallo-latin,* quoique sa latinité ait toujours été regardée comme digne du siècle d'Auguste), le Poème de la Religion, par Racine fils, les Poèmes de Fontanes et de Delille, dont plusieurs extraits ornent déjà ses remarques, etc. : un pareil Commentaire, ajouté à son premier travail déjà fort estimable, le rendrait tout-à-la-fois plus intéressant, plus utile au public, et plus digne de l'auguste personnage auquel il est dédié.

DANS un temps où l'athéisme levait une tête hideuse, au milieu des doctrines révolutionnaires nées de son sein, j'ai composé et mis au jour quelques réflexions sur ce sujet : je me garderai d'y renvoyer, parce qu'elles se sentent trop de la faiblesse de l'âge que j'avais alors ; mais ayant eu occasion de soumettre ces réflexions à M. l'abbé Herluison, peut-être verra-t-on avec intérêt la lettre qu'il me fit l'honneur de m'écrire sur ce même sujet, ainsi que celle que je lui adressai sur son Discours du 9 thermidor.

Lettre *à M. l'abbé Herluison.*

15 août 1797.

Monsieur, j'achève de lire pour la cinquième fois votre Discours, et je ne puis résister au désir de vous faire connaître mes sentimens d'estime et d'admiration. C'est une pièce éloquente qui mérite d'être conservée ; car elle ne ressemble guère à beaucoup d'autres qu'on a imprimées depuis la révolution. Vous avez traité votre sujet avec une grandeur peu commune, employant tour à tour la touche mâle de Bossuet, et la touche légère et brillante de Voltaire.

J'ai encore présent à la mémoire l'endroit où vous dites, avec une ironie piquante, à l'occasion des fêtes républicaines : « Que vous tâchez d'en prendre » tout l'esprit, ou plutôt que vous leur en prêtez, en » souhaitant à la jeunesse une bonne éducation, aux » époux la paix et le bonheur dont jamais ils ne se» ront redevables à la loi du divorce, et à la vieillesse » une autre consolation que le suicide. »

Et cet autre endroit, où vous exprimant avec la dignité convenable au sujet, vous dites : « L'hommage » de ma gratitude s'adresse tout entier à cette justice » vivante, sans laquelle toutes nos idées de justice ne » seraient que des chimères ; à cette justice patiente, » parce qu'elle est éternelle ; à cette justice puissante » qui se joue des scélérats, et qui les met aux prises » entr'eux, quand elle veut en délivrer la terre. »

Je vous avoue que je n'ai pu lire ce dernier passage sans émotion : il m'a rappelé le sublime chapitre qui termine le Discours sur l'Histoire universelle, et où l'auteur rapporte avec tant d'éloquence, aux ordres secrets de la Providence divine les causes particulières de l'établissement et de la destruction des empires.

Plût à Dieu, monsieur, que ces vérités touchantes, ainsi que celles que vous avez si bien énoncées, fussent gravées dans tous les cœurs, comme le mien en est pénétré ! Il y aurait moins d'impies sur la terre, moins d'hommes intéressés, injustes, ennemis de la vertu et du bien public, et jaloux d'un mérite auquel ils ne peuvent atteindre.

Je suis plus que personne l'admirateur du vôtre, et je trouve vos principes si excellens que je veux m'en nourrir tous les jours de ma vie. La seule chose que je regrette, c'est de ne pas avoir un maître tel que vous.

LETTRE *de M. Herluison.*

20 août 1797.

J'ai lu votre écrit avec plaisir, non-seulement parce qu'il combat une doctrine que j'abhorre, mais encore parce qu'il est plein d'une juste et vive indignation contre ceux qui désolent la terre, en blasphémant contre le ciel. Vos réflexions sont vraies et écrites avec chaleur. Il ne me serait pas même venu en pensée d'y rien critiquer, si vous n'aviez eu la modestie de les soumettre à mon jugement : et c'est uniquement pour ne vous pas désobliger qu'après les avoir lues d'abord avec intérêt, j'ai consenti à les relire avec une attention plus sévère......

Je vous félicite, monsieur, d'être du nombre de ceux en qui la désolante philosophie du jour n'a point desséché les germes de la vertu. Votre lettre ne respire qu'amour de la religion, sans laquelle il n'y a ni bonne morale ni vrai patriotisme. Un ancien auteur dit qu'il est beau, qu'il est doux de mourir pour sa patrie. Rien n'est plus vrai dans le système de la religion, parce qu'elle nous apprend à faire un heureux échange d'une vie fragile avec l'immortalité. Mais hors de la religion, je ne trouve plus la vérité dans cette maxime. Que m'importe, à moi, le bonheur de ma patrie, si je ne le goûte pas, et si rien ne me dédommage du plus grand de tous les sacrifices?

Il en est de même de tous les biens au prix desquels on peut acheter la prospérité publique. Pour être animé d'un vrai patriotisme, il faut être désintéressé : et comme le désintéressement sans récompense ne serait qu'une duperie, il faut que la morale assure à l'homme un ample dédommagement de tous les sacrifices qu'il fera pour le bien de sa patrie. Or c'est la religion qui lui donne cette garantie : et elle seule peut le faire, en substituant des intérêts éternels aux intérêts de la vie présente. D'où je conclus que les soi-disant patriotes sans religion sont des hypocrites ou des dupes.

Je vous dis-là, monsieur, des choses que vous savez aussi bien que moi ; mais j'aime à m'entretenir avec une personne dont l'ame honnête est de toutes parts ouverte à la vérité. C'est ainsi que vous vous êtes peint dans votre lettre, qui m'a inspiré pour vous une estime, etc.

FIN.

TROYES, IMPRIMERIE DE Mme BOUQUOT.